大阪城的过客
DABANCHENGDEGUOKE

肖晨　贾淑玲◎著

吉林大学出版社

图书在版编目（CIP）数据

大阪城的过客 / 肖晨，贾淑玲著. ——长春：吉林大学出版社，2013.5

（蚂蚁小说）

ISBN 978-7-5677-0078-9

Ⅰ.①大… Ⅱ.①肖…②贾… Ⅲ.①小小说-小说集-中国-当代 Ⅳ.①I247.8

中国版本图书馆 CIP 数据核字（2013）第 111976 号

书　名：大阪城的过客
作　者：肖　晨　贾淑玲　著

责任编辑：朱　进　责任校对：刘　佳　　　　　封面设计：三合设计公社
吉林大学出版社出版、发行　　　　　　　　　　三河市嵩川印刷有限公司　印刷
开本：787×1092　毫米　1/16　　　　　　　　2013 年 5 月　第 1 版
印张：13　　字数：187 千字　　　　　　　　　2020 年 3 月　第 2 次印刷
ISBN 978-7-5677-0078-9　　　　　　　　　　　定价：25.80 元

版权所有　翻印必究

社址：长春市人民大街4059号　　邮编：130021
发行部电话：0431-89580026/28/29
网址：http://www.jlup.com.cn
E-mail：jlup@mail.jlu.edu.cn

总序：蚂蚁小说——挑战小说的极限

作为一种有别于其它小说品种的新文体，蚂蚁小说的呐喊嘹亮、鲜活、激动人心。短短几年，蚂蚁小说已形成一道新的文学风景线。

所谓蚂蚁小说，是指比小小说更短、通常限定在 500 字以内的一种小说品种。它既是主观的要求，也是客观的产物。

蚂蚁小说既是超短的，又是"小说"的，是指尖上的舞蹈，是一种高难度写作。所以从主观上来说，蚂蚁小说的出现，就是为了挑战小说的极限，并树立自觉的文体意识，确保其艺术价值。从客观上来说，蚂蚁小说是电子时代和快节奏生活的必然产物。一方面，来自各种渠道、各种形式的海量信息，令忙碌的人们应接不暇，小说及其它文学作品的阅读空间日趋狭窄。短、小是历史趋势，它表现在各个方面，也必然反映到文学中来。所以蚂蚁小说是应运而生的，是合乎"运道"的；另一方面，随着物质水平的提高，人们对以文学为代表的精神产品的需求也更加迫切。为了解决这种阅读空间和阅读需求的矛盾，蚂蚁小说便应运而生了。

小说的源头本来是"小"的，以后才变成"大说"。现在电子技术、出现了，一部分小说会回归源头。花一分钟左右的时间，能读完一篇小说，并产生审美的速率刺激，没有比这更令人神往的了。

同时，蚂蚁小说产生的背景和基础，还有一个重要的原因，就是大众的文学话语权，这同民主和人权是联系在一起的。当文学不再是少数人的专利，蚂蚁小说的繁荣就会是不可阻挡的。另外，蚂蚁小说是一个"文学特区"，它字数少，利于方便地进行各种小说流派的文学实验。它对现代小说的发展，对小说作者的培养，也发挥了其特殊作用。

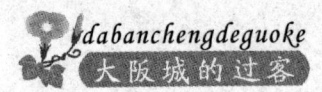

　　蚂蚁小说的形体细如蚂蚁，却是一个完整的生命体，一个"大力神"。而且它的载体异常灵活，可以自由进入的领地实在太多了，不仅可以刊载于报刊、图书、网络等各种传统及电子媒体，也可以与广告相结合，在作品中出现地名、人名或企业名称，用于各种消费场所的精美图册，墙上的挂框，电梯广告，商品包装，各色贺卡，新年台历，企业广告杂志……总之，一切商业性、休闲性、工具性的书写物件，都是蚂蚁小说的天然载体。所以它打开了一片新天地，这种优势是任何其它小说都无法比拟的。

　　事实上，蚂蚁小说的发展速度，已经超出了我们的想象。2007年8月，《百花园》杂志首次发表了王豪鸣的"蚂蚁小说四题"，并自2008年第1期起开设"蚂蚁小说"专栏。随后，《小小说月刊》《微型小说选刊》《天池小小说》《新快报》《羊城晚报》《小说选刊》《佛山文艺》《文学港》《喜剧世界》《读者》《特别关注》等50余家报刊争相跟进。据不完全统计，从2007年至2011年，国内纯文学杂志及其它报刊选发的蚂蚁小说精品已达到15万余篇。被选入文集及年度选集出版的蚂蚁小说佳作，亦有8万余篇，部分作品被报刊多次转载；许多蚂蚁小说作家的作品还作为范例，进入了大学写作教材；2009年6月，第一部蚂蚁小说作者作品合集《中国蚂蚁小说十六家》由中国戏剧出版社正式出版。

　　2011年，王豪鸣的第一本蚂蚁小说系列集《赵六进城》由湖南人民出版社出版，进入《重庆晚报》图书排行榜第二名，约100家报纸和网站发布新闻、专访，并予连载。同年结集出版的蚂蚁小说集，还有梁晓泉的《甄四那档子事》和蔡中锋的《人在仕途》，均引起强烈反响，好评如潮。

　　首届中国汉语蚂蚁小说"金蚂蚁奖"评选，参评作品2080篇。评选邀请了国内有影响力的著名作家、编辑家、批评家格非、苏童、陈东捷、韩旭、杨宏海、秦俑、雪弟、刘海涛等组成评委阵营，投票评出金奖5名，入围奖10名，佳作奖38名，获得金蚂蚁奖的有肖晨、段国圣、蔡中锋、刘吾福和青霉素，并推举王豪鸣为文体创新奖的获得者。

　　蚂蚁小说文体从民间到官方，一直不断向纵深推进。入选肖晨主编的这套蚂蚁小说丛书的作者，只是众多优秀蚂蚁小说作家中的一部分，但作品所展示的风貌，已然体现了蚂蚁小说文本意识。这些蚂蚁小说，虽然作品各呈异彩，但归纳起来，不外乎有三个面向：

一类作品侧重故事性，并调动各种文学表现手段，其构思之精巧，情节之奇妙，令人拍案叫绝。这类作品继承传统小说的叙事品质，又汲取了小品文、短信段子中的有益成分，于方寸之间展现出了无穷的魅力和美学价值。

另一类作品则是侧重抒情性，在精心设置小说细节的前提下，全篇充满了散文和诗的味道。这类作品的篇幅往往更短，但营造的意境却美轮美奂，拨人心弦，甚至催人泪下。还有一类作品，属于探索性、边缘性的。无论是叙事还是抒情，都是剑走偏锋，一反常规套路。这类作品不屑于表现生活的常态，而是善于借鉴现代小说的写作技法，极尽夸张、荒诞之能事，直抵人性的最深处。这些带有先锋性和超现实的作品，常常给人以震撼，令读者耳目一新。

同时，纵观丛书的作品，有的是平民化的，它们清新、通透、好读而易懂；有的则是精英化的，就像文学体裁中的诗歌那样，用隐喻、多义和陌生化去"折磨"读者，在反复品味的过程中领悟美的极致。

蚂蚁小说精巧，蚂蚁小说作家创作大部分是凭灵感写作，因此蚂蚁小说作家有着一份自由和洒脱，一份执著和追求。从这个角度上来说，蚂蚁小说的繁荣，蚂蚁小说的高文学品质，一点儿也不让大众惊讶了。

作者简介：王豪鸣，深圳执业律师，仲裁员，作家，中国蚂蚁小说倡导和推动者。1999 年首创魔鬼诗典文体，2004 年首创对话体长篇短信小品，2009 年推出国内首部扑克小说。近年来涉足灵性领域，创作身心灵作品。出版作品有《魔鬼诗典》《赵六进城》《眯有心事》等，主编《中国蚂蚁小说十六家》（王豪鸣、蔡中锋）。2010 年荣获蚂蚁小说文体创新奖，《眯有心事》入选 2010 年十大心理励志图书。

王豪鸣

2012 年 7 月

总序：蚂蚁小说——挑战小说的极限

第一辑　含着泪的你的眼

　　故乡的原风景 / 2

　　加州旅馆 / 3

　　过　客 / 4

　　月亮之上 / 5

　　站　台 / 6

　　南来北往的客 / 7

　　盼三年 / 8

　　致爱丽丝 / 9

　　迟来的爱 / 10

　　千里之外 / 11

　　十　年 / 12

　　有方向感的向日葵 / 13

　　星语心愿 / 14

　　没有冷却的心愿 / 15

　　梅　子 / 16

　　草原之夜 / 18

十字路口 / 20

那片蓝 / 21

比邻而居 / 22

倾城之恋 / 23

会奔跑的树 / 24

在铁塔里飞舞 / 25

在洋酒里梦游 / 26

第二辑　跳着爱的你的心

我想去桂林 / 28

凤　嫂 / 30

路 / 31

风中有朵雨做的云 / 33

夜的深处是密密的灯盏 / 35

被风吹走的夏天 / 37

走过无依巷 / 38

离别的车站 / 40

一堵墙的启示 / 42

飘 / 44

一个植物人的苏醒 / 46

啤酒娃回乡 / 47

请你扔了那束花 / 49

窗　外 / 51

查　房 / 52

甜蜜蜜 / 53

恨的代价 / 54

拉车的牛 / 55

戒　烟 / 56

争　斗 / 57

心里的海 / 58

微　笑 / 60

救　援 / 61

原谅青春 / 62

孤独的舞者 / 63

电　话 / 64

冬天里的阳光 / 65

挣　扎 / 66

一把藏刀 / 67

寻　找 / 68

第三辑　带着笑的你的脸

卖烧饼的女人 / 70

等　待 / 72

你能战胜自己 / 73

方便面时代 / 74

失踪一星期的男人 / 75

重　游 / 77

我是你的灯 / 79

村口的老树 / 80

花开的声音 / 82

守　望 / 84

妻子的愿望 / 85

浪漫之约 / 86

十　年 / 87

雨一直下 / 88

那个叫寒梅的女人 / 90

画　像 / 91

约　定 / 92

彩色的翅膀 / 93

合　作 / 94

邻居的耳朵 / 95

为人之道 / 97

抢　劫 / 98

我的宝贝 / 99

大阪城的过客 / 100

老　顺 / 101

礼品盒 / 102

第四辑　开着花的你的梦

证　书 / 104

一只死蚂蚁 / 105

秘　密 / 107

棋　艺 / 108

失　眠 / 109

细　节 / 110

竹海人家 / 111

谁动了老满的相机 / 113

萌动的绿 / 114

飞　舞 / 116

冬天里的约会 / 119

望 乡 / 122

走错门 / 125

爱要怎么说出口 / 128

红太阳 / 132

墙那边 / 135

爱不能成为囚 / 137

冰 翅 / 140

爱情一阵风 / 144

隐形人 / 148

金钟河上的来客 / 151

向往一个遍地鲜花的世界 / 153

几种关系里的忧伤与希望 / 155

南来北往中的一声叹息 / 158

谈肖晨的"两客" / 160

论《过客》的语言节制 / 163

照亮人心灵的《过客》 / 165

2007年蚂蚁小说大事记 / 167

2008年蚂蚁小说大事记 / 169

2009年蚂蚁小说大事记 / 172

2010年蚂蚁小说大事记 / 175

2011年蚂蚁小说大记事 / 179

微访谈：肖晨，中国蚂蚁小说的领军人物 / 180

微访谈：贾淑玲，中国蚂蚁之星冠军 / 183

代后记：蚂蚁小说时代的大作家 / 188

第一辑

含着泪的你的眼

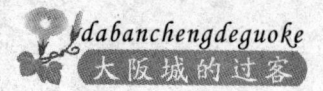

故乡的原风景

她走在下山的路上。阳光从山上一直流淌到山下的村庄。

忽然,她的头顶有一个黑影飘过,刮起一阵凉风。

她一愣,心虚地闭着眼睛大声喊:快滚开,不然我杀了你!

张开眼睛,那个黑影已悄然离去,她的心却还在打鼓……

走了一段路,那个黑影又出现在头顶。

她害怕了,蜷缩到一个大岩石下不敢出来。

黑影再次飘回来时找不到她,发出了一声凄厉的叫声。她的心颤抖了一下,这声音她太熟悉了。她叫了一声"臭小子",黑影就盘旋着俯冲下来,落在她的肩上。

被她叫做臭小子的黑影,原来是她几年前带到国外,后来丢失了的一只小鹰。现在它长大了,飞回来了。

加州旅馆

她姗姗来迟,她来的时候,他趴在餐厅靠窗的桌上睡着了,午后的阳光照耀在他棱角分明的国字脸上,让她怦然心动。

她把他叫醒,和他吃完了温馨的午餐。她觉得很幸福,他正是她喜欢的类型。吃完饭,他去买单,她惊讶地看到,他的腿一拐一拐的。

"难怪他这么优秀却还是单身……",她嘀咕着,趁他买单还没有回来,悄悄溜走了。

几年后,她和他相遇在十字路口,他正牵着一个女人和一个孩子快速地走来。

"你的腿?"她诧异极了。

"嗯?腿怎么了?"他更诧异。

她问他,那天腿为什么一拐一拐的,他告诉她,他的腿那天只是坐麻了而已。他说完就牵着老婆和孩子走了,走的时候,他说要带着老婆和孩子去加州旅游。

后来她就在和他相遇的十字路口旁购买了一幢楼房,她在楼房前竖立了一个很高大的牌子,牌子上是四个火红的大字:加州旅馆。

过 客

他这半生,一直深爱着那个女人。

带着相思,他决定去那个小山村见她一面。知青下乡那段岁月,他在那个小山村待了几年。

这些年,她梦见他的时候,天是黑的。

这些年,她回忆他的时候,天是亮的。

他到了她家乡的小镇上,一路上想象着离小镇不远的那个小村子。

他到了那个小村子时,人们告诉他,她家已经搬到小镇上去了。

折返小镇,他又饥又渴。手捧清凉的河水洗脸,一抬头,他便看见了她。

他和她隔着一条河,河面上没有桥。

一只小船漂来,他轻轻地招手,急切地对船夫说,河对面那个人是他爱了半生的人。他请船夫帮忙渡他过河。

船夫笑笑,说:"河对面的那个人是我的妻子。"河面上的风就刮进了他的心里,很凉。

拖着疲惫的双腿,他默默地走过一条条空空的路,穿过一座座空空的城,沿着来时的方向走回去。

那个方向的深处,他的妻子等在风中,他的后半生也等在风中。

月亮之上

早晨的太阳露出了头，斜射到墙角的一朵喇叭花上。

喇叭花颤抖着，看两只公蛐蛐在战斗。

两只公蛐蛐战斗，是为了躲在墙缝中的梦中情人。

一只公蛐蛐战败，狼狈地逃跑了，得胜的公蛐蛐高仰着头，呼唤墙缝中的梦中情人。

墙缝中的梦中情人一蹦跳了出来，还没有等她到公蛐蛐的身边，一只公鸡走来，低头对着公蛐蛐啄了下去。

公鸡的嘴巴还没有触碰到公蛐蛐，一个小男孩扔了一颗石子，砸在公鸡的头上，只见鲜红的鸡冠直冒血，公鸡尖叫一声，撒腿跑了。

公蛐蛐携梦中情人躲进墙缝，直到太阳西沉，直到月亮爬上了山坡，它们才壮着胆子出来。月光很皎洁，梦中情人依偎在公蛐蛐的身边，公蛐蛐目光幽幽地望着天空，对梦中情人轻叹：我在仰望，月亮之上，有多少梦想在自由的飞翔……

站 台

　　肖遥等了两天了，过往的，都不是他要等待的列车。

　　女友文秀两天前就应该到站的，不见文秀的身影，肖遥着急，一次次打文秀的电话，关机。

　　风一阵阵吹过，一个女子突然来到站台，像肖遥一样等在风中，她精致的脸，让肖遥在心中赞叹不已：世上竟然有这么美丽的脸！

　　偶尔望她，肖遥觉得女子像极了文秀——那长发，那苗条的身子，那背影。只是，文秀没有她那漂亮的双眼皮，那高贵的额头，那好看的鼻子……

　　女子时不时地，也会看肖遥一眼。

　　三天了，肖遥等不住了。买了火车票，肖遥要到那座城市去找文秀。

　　揣着火车票走过女子的身边，肖遥说："等你的男友吗？"

　　女子掩面而笑。

　　火车要开走了，肖遥大步走去，远远地，他听到女子在向他喊："你要去哪里？"

　　肖遥惊讶，这女子，连声音都像极了文秀的。他说："我要去找我的女友！"

　　上车的人很多，肖遥在吵闹的人声中听不清女子焦急的呼喊。

　　肖遥问："你说什么？"

　　女子说："你回来，我是文秀，我整容了，我是想考验……"

　　火车开走了。

　　肖遥没有下车，他在车上想，文秀不会把爱当游戏的，她绝不会无故让他在寒风中等三天的……

　　从此，她等在站台，风一阵阵吹过，过往的，都不是她要等待的列车。

第一辑 含着泪的你的眼

南来北往的客

梨园镇，冬暖，夏凉。

"到梨园镇来吧！"黄蝉在电话里说。

坐三天的火车，我赶到了梨园镇。

我来，不是为了避暑，而是想找黄蝉取经——她开了一家花店，不到半年赚了二十多万元。当然，更重要的，是因为黄蝉曾是我的恋人，我期待发生点什么。

梨园镇满是梨树，洁白的梨花，在轻风中飘扬；梨园镇的古董店，一家挨着一家，黄蝉的花店点缀在众多的古董店中间，很引人注目。

在梨园镇待了一个星期，我和黄蝉之间什么也没发生，看得出来，黄蝉和她的老公很恩爱。就要返程，我有些失落。黄蝉送我到小站，我问黄蝉花店赚钱的秘诀。

"你听过那个买猫求古董碗的故事吧？"黄蝉说，"你知道，梨园镇以梨花和古董闻名，来梨园镇的大部分人是古董商。当我收了钱给商人们包装鲜花时，他们都叫我把插花的青花瓷瓶送给他们，可那是我结婚时姥姥送给我的，我不愿意送人。我有一天突然意识到了什么，拿花瓶去鉴定，果然，它是一只古老而珍贵的花瓶！"

"可是，当商人们发现买花并不能得到花瓶后，他们就不会再次买你的花了呀！"

"不，我的花店不靠老顾客维持，靠的是那些南来北往的客。他们都想在旅途中得到意外的收获，我的花瓶是他们的'惊喜'。"

我哑然，我也是南来北往的客，我来，也渴望得到意外的收获。

在火车上，梨园镇那些洁白的梨花一直在我的脑海中飘扬、飘扬……

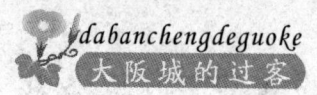

盼三年

五年前，我离开家乡来到福建，从此生活在南安市。南安市最吸引我的是那座高高的郑成功雕像。

郑成功的雕像被一个圆形的草坪包围起来，这里是一个十字路口，草坪成了这个十字路口的大转盘。平时车来车往，很少有人能穿过马路走到郑成功雕像的地方，我也从来没有靠近过郑成功的雕像。

虽然不能靠近郑成功的雕像，但是我每次经过都会向着雕像致意，因为郑成功是我最崇敬的英雄。

那晚被老板炒鱿鱼后，我出去喝了很多酒，醉醺醺地走在街上。

在街上逛荡到午夜，我下意识地走到郑成功雕像对面，又下意识地趁午夜没有什么车辆，穿过马路走到郑成功的雕像前，坐在我崇敬的郑成功的雕像脚下。

郑成功雕像靠近地面的地方，已生满斑驳的青苔。我崇敬的英雄的脚下怎么可以长满青苔呢？我伸手就拔那些青苔，拔了一会儿，我居然在青苔里拔出一个盒子。

盒子里有一张泛黄的纸条，纸条上是老板的女儿郑成玖的字迹：老祖宗，你是我最崇敬的英雄，我的前男友三年后就会刑满释放出来，如果在这三年中肖晨没有发现这张纸条我就永远不答应做他的女友了，反之，我会答应做他的女友，并且和他私奔。

致爱丽丝

从小，他和她是亲密无间的兄妹。他和她讲一样的汉语，吃一样的饭菜。她和他不知道，为什么他是黄皮肤黑眼睛，而她是金色的头发碧色的眼睛。

他带着妹妹一起上学一起放学，一起看《哆啦A梦》，一起吃肯德基。他喜欢金发碧眼的妹妹，她更喜欢爱护自己疼爱自己的哥哥。事实上，哥哥先天性的肾病很严重，她不过是父母在国外买来给哥哥备用的器官体。她注定是要为他奉献的。

十八岁的时候，哥哥的肾终于出了严重的问题，这意味着妹妹的命运从此改变。可妹妹在捐肾的协议书上签字后，父母却找不到他。

他留下一张纸条和一张碟片走了。纸条上写着："爱丽丝，我的好妹妹，哥要你好好的"。

妹妹听着碟片里唯一的一首《致爱丽丝》，哭成了泪人。

迟来的爱

她越来越爱唠叨，她总唠叨老公不会赚钱，唠叨老公在单位在邻里中都是个软柿子，唠叨着唠叨着，最后就说要离婚。老公总是沉默着，不发一言。

她这次唠叨得最厉害，从早上数落到晚上，早晨起床又接着数落。

老公一如既往地沉默，闷闷地抽烟。

抽了第十五支香烟后，她依然还在唠叨，老公突然咳嗽了几下，并仰后晕倒在地上。

送老公去医院的路上，她沉默着，一路上能听到自己的心跳。

医生告诉她老公只是因为睡眠不足晕倒了，她立马就对着苏醒过来的老公唠叨开了："你这个没用的东西……"

还没唠叨完她的眼眶里已满是泪水，泪眼模糊中，她看到老公递过来一张离婚协议书……

千里之外

他一无所有，没有英俊的外表，没有足够花的钞票，没有显赫的身世。然而，她还是不顾家人的反对，做了他的女朋友。

他想要给她富足的生活，想要给她美好的未来，于是去了外省打工。到了离家乡千里万里的南方，他每天坚持给她写一封情书，他觉得写情书是发短信和打电话无法比拟的。

他写着情书，她读着情书，虽然相隔千里万里，他和她却深深地爱着对方。

七年后，他终于赚了不少钱，在回乡的头一天，他躺在小屋里听着窗外的暴风雨，想着她的样子，突然，一个惊雷狠狠地砸在他的身上。

治疗好被惊雷烧焦了的大半个身子，他七年的积蓄分文不剩。心灰意冷地回到故乡，他悄悄地走到她的窗外，看窗帘上她迷人的影子。

站在她的窗外，他无声地哭泣，突然手机震动了，他拿出手机，看到是她打的，他接通电话却不敢说话，他不想让她知道他就在她的窗外。

她电话里说："今天有个收废纸的来，我问了价钱，然后把你写给我的情书都卖掉了……"

他忍不住哭出了声响，她居然卖了他写给她的情书！正要挂了电话，她又说："刚好卖了够办结婚证的钱，我今天才知道你发生的一切，和你一起去打工的黑子告诉我，你回来的车费都是向他借的，现在到哪里了呢？明天我们一起去民政局领证吧！"

十 年

  上高中的时候,他暗恋着只大她两岁的实习老师。直到毕业,他也没有勇气告诉她自己喜欢她。每天放学后,他很晚才回家,他喜欢坐在操场上那棵高大的梨树下,望着教师宿舍她的窗户。一阵阵清风拂过,梨花稀稀落落地飘下来。

  十年后,路依然是那年的路,梨树依然是那年的梨树,梨花依然在清风中飘落下来。同学聚会,她居然也来了。班长提议大家在梨树下坐成一排,每个人在纸条上写一个自己十年前的心事传给右边的人。

  他麻利地坐到她的左边。这样,他就可以告诉她,十年前到现在他一直暗恋她。可惜他刚坐下,她的手机响了,她起身走开去接电话。他失落了,老天爷连这个告诉她秘密的机会都不给他。

  她接完电话,回来却坐在了他的左边。他悲哀地朝她笑了一下。他心里想,她坐在自己的左边,只能让她递纸条给自己,而自己无法将暗恋她的秘密告诉她了。

  清风一阵阵拂过,梨花一朵朵飘落,她传来的纸条上写着:我起身去接电话,只为回来能坐在你的左边,因为我要告诉你,我爱你十年、等你十年了……

第一辑 含着泪的你的眼

有方向感的向日葵

她在山里躲藏了一个多月。现在,终于下定决心要回去投案自首了。出发的时候,她的大眼睛闪耀着光亮,她的小黄狗的大眼睛,也闪耀着光亮。

她的衣裤很脏,球鞋破了,曲线优美的高挑身子枯瘦了,美丽红润的瓜子脸没影了。20 岁的她,看起来像一个 30 岁的落魄少妇。

她默默地往山外走。快出山的时候,小黄狗狂奔向那棵向日葵。

之前的一个多月里,她常常和小黄狗呆呆地观望那棵向日葵——那棵向日葵的背影披风戴雨,它的脸从来不跟着太阳转,一直朝着一个方向。

小黄狗围着那棵向日葵转了几圈,然后向它朝着的方向跑,那个方向有着一片茂密的树林。她呼唤着小黄狗,追过去……

穿过树林,她泪流满面——

树林那边,是一望无边的向日葵……

星语心愿

停电了，张着翅膀的都市，瞬间跌落在午夜无边的黑里。

站在高高的楼顶，他的声音很轻："我该不该跳下去呢？"

想着纵身一跃是那样惊世骇俗，他有些心痛有些激动。

"该不该跳下去呢？如果在一支烟的工夫里能听到同类的声音，那就好好地生活下去……"

要在这无涯的午夜里听到世人的声音，这种可能性简直没有，但他想赌一把，赌最后一把。他之前赌的是钱，输的是一个幸福美满的家，他输不起；现在赌的是一种渴望，输的只是自己的一条贱命，他觉得没有什么大不了的。

一步步走到大楼的边沿，他点燃了一支香烟。

赌的是一支烟的工夫，然而，烟就快抽完，天地间却是一片寂静。

"看来最后一赌，依然是输！"他叹。

烟抽完了，天地间依然一片寂静，他决定纵身跳下，咬着牙，他用力将手中的烟头弹了出去，烟头在暗夜里划出一道闪亮的弧线……

"啊，流星，快许愿！"

大楼下，传来几个年轻的声音……

没有冷却的心愿

刘青带着张步雪回乡了。

张步雪有着与雪有关的好名字，却从来没有见过雪。从小生长在南方，张步雪一直热切地希望能目睹一场北方的雪。

"到了你家乡，就能看到雪了。"

"到了我家乡，你想看就看，现在是冬天，雪指不定在我们回去的当天就会下的。"

回到家，刘青才知道，父母竟然自作主张帮他请媒人撮合了村里的吴玉兰。

家里的气氛十分不好，张步雪觉得度日如年，她那双水汪汪的大眼睛开始失去往日的精神，她那张好看的瓜子脸开始失去往日的红润。

这天，张步雪和刘青的妈妈去村外散步，本来张步雪是想借这个单独的机会和刘青的妈妈说点什么的，但刘青的妈妈把脸拉得长长的，她就没有开口。

刚到村外，一头牛疯狂地朝她们冲来，张步雪毫不犹豫地推开了刘青的妈妈。发了疯的公牛用尖尖的角猛顶张步雪，刘青的妈妈吓得瘫软在地上……

刘青握着张步雪的手，眼里满是担忧。

"我想……我不能……看到雪了……"两颗子弹般的泪珠从张步雪的眼中滚出。

"啊——雪！"刘青欣喜地叫起来。

窗外竟然下起了大雪。

"雪——雪！啊——我看到雪了……"她花骨朵似的微笑轻轻地绽放。

微笑着疲惫地合上双眼，张步雪没有看见……

房顶上，刘青的母亲忍着泪，不停地往房下撒碎棉花。

梅 子

　　梅子。热情；阳光。

　　梅子。一个叫做双山的小镇上，许多男青年暗恋过的女子。

　　梅子。纯如水中的月亮；雅似风中的麦浪。爱慕你，许多人也许是因为你貌美如花；爱慕你，我一定是因为你洁白无瑕。

　　梅子，多年以来，我多想将粘贴于我心的千百个相思弹落，花瓣般纷纷落下。但相思弹不落，你总是无端地化成春风，一次次吹开我记忆的门……

　　双山的街如小诗，只有短短的几行。短短的几行小诗中，你的身影是最亮丽的那个句子。

　　双山的跳灯河底，有五颜六色的石子。我曾在河滩上用五颜六色的石子摆满你的名字；我曾用那个年代的姿势在河滩上为你伫立。

　　双山的许多村庄都有桃树，我曾深情地吻过那些飘落的桃花，飘落的桃花恰似你的笑脸。

　　双山的天空中每当有大雁飞过，我总是寻找着曾经寻找过千万次的那个答案：如果我有一双有力的翅膀，能否陪你飞翔？如果陪你飞翔，能否带你找到天堂？

　　双山的山高昂着男人的伟岸，双山的峦起伏着女人的曲线——我曾多么希望带你翻过座座山越过道道峦，去天的那一方采集永不褪色的蓝！

　　双山没有汽车站。偶尔经过双山的长途汽车，是行色匆匆的路人，没有一丝要停留下来的表情。当我野蛮地拦下那辆长途汽车，司机野蛮地问我有什么事情……我坚定地走进汽车的门。

是的，我坚定地走进了汽车的门。我知道，我小小的巢成不了你的天堂，我要到陌生的远方为你寻找传说中的宫墙。

从此，我漂泊在陌生的城市里……

我无法像别人一样戴上虚伪的面具；我无心为了几枚铜钱和别人争斗不息；我学不会别人的因麻木而富足、因富足而麻木的生活方式；因为，我的灵魂总会不经意间就被你洗礼。

于是，我只好学着码一些文字，学着唱一些自己写的歌曲。我码的文字是塞外的风沙，它会让人掉眼泪；我的歌声是霏霏的细雨，它淋湿了许多人的心情。

一路行来，我不停地写着，不停地唱着——直至掌声为我响起；直至鲜花将我簇拥；直至数十载的光阴轻烟似的消散；直至我看到了传说中的宫墙……

我找到了传说中的宫墙！可是，亲爱的梅子啊，当我离弦而来，双山小镇上，我怎么也找不到你的影子……

梅子，如今我居住在离双山有千万里的这座城市。数十载后的今天，从双山经过的长途汽车，不再像行色匆匆的路人，双山的人们随时都可以乘车四处去打工、旅行。我所在的公司里，有许多来自双山的男子和女子，老乡们刚来时总会问起：肖晨，您也是双山人，您认不认识梅子？我总会点头表示认识，然后说：

梅子。热情；阳光。

梅子。一个叫做双山的小镇上，许多男青年暗恋过的女子。

梅子。纯如水中的月亮；雅如风中的麦浪。

梅子，已嫁到外乡！

草原之夜

他刚出发,她正在吃晚餐。

出发后,他忆起了那时的大草原。那时,他在四处观看,看着看着,就看到一个红裙飘扬的女子,她站在毛茸茸的羊群里,对着天空微笑。

他在路上,她正在失眠。

他记起了那天的空气。那天他走到她的帐篷前,一丝奶味隔着帐篷传出来,空气一下子变得甜丝丝的,她在帐篷里,朝他微笑。

在大草原上待了一个月的时光,他走的时候,她哭了。她不知道,说喜欢大草原的他,为什么要走。

他抵达时,她正在沉睡。

她以前的帐篷挪了地方,他在大草原上四处寻找,找过很多帐篷也没有找到她。

把手背到身后,他仰头看天,天空里是黎明前无尽的黑。他一声声地叹息,后悔当初不甘心放弃他生活的那座城市,后悔五年后才明白自己要回来。

"阿茹娜!"每叫一声她的名字,他的心就痛一下。

他漫无目的地走,走了很久,夜色中又看到一个帐篷,他满怀期待地奔过去……

她在帐篷外查看待产的母羊,一转头,她就看见了他。他欣喜若狂地喊了一声她的名字,然后专注地端详着她。她的脸依然美丽,她的眼睛依然清澈。

他说:"从草原入口的那个旅店到这里,这段距离,我走了一个黑

第一辑 含着泪的你的眼

夜……"

她说:"外面冷,进帐篷吧!"

走进去,他看到了一个男人,男人的旁边有一个粉嫩的小家伙。

男人是一个豪气的人,男人和他喝大碗的酒,吃大块的肉,之后,他就在帐篷里睡了一觉,醒来的时候,一个白天没有了。他踏着月光,又上了来时的路,路,通往草原入口的那个旅店。

这段距离,他要走一个黑夜,他对自己说——

离去也好,归来也罢,请不要追究,之后,天才会慢慢地亮起来……

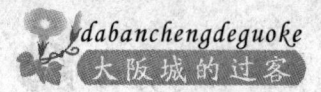

十字路口

他和她吵架了。

吵架后,她想,我千里迢迢从乡下来看你,你却催我回去,分明是在城里有了女人;他想,农忙季节你不在家帮老人,跑来玩玩也罢,十几天了还不走,厂子规定不让非本厂员工留宿的,整天去旅馆,这点工资都给打水漂了。

她想不通,他也想不通,两个人就吵得更厉害。最后,大打出手。

天色已晚,她不管,拿了行李就走。

他跟着她。

她上了公交车,他也跟了上去。公交车到了一个陌生的十字路口时,他想拉住她。她白了他一眼,赌气下了车。他也跟着下了车。

她说,别跟着我,你我从此各走各的。他一听来了气,说,行,从今往后一刀两断。

她先走了,他也没有犹豫,走了。

一支烟工夫,他和她都回到了十字路口。他看到她,怔住了。她也怔住了。

他叹口气,转身。她含着泪,转身。

又一支烟工夫,他和她再次回到十字路口。尴尬。含泪。转身。

转身时他想,她会不会再回来?她想,如果他回来……

半个多小时后,两个人紧紧拥抱在十字路口,眼泪吧嗒吧嗒地往下掉。

她说,我迷路了。

他说,我也是。

第一辑 含着泪的你的眼

那 片 蓝

陈千兰坐上了火车,她要去双山镇小住。

十年前,电视里的两只鸟从镜头里飞走后,她看到了那片纯蓝的天空,那片蓝,让她一直向往那个叫做双山镇的地方。

陈千兰在火车上一遍遍地想象,蓝天下,落脚河里的水轻轻地流,天空在河里找到了倒影,而她,在河里找到了一朵可以搭乘的云……

到了双山镇,陈千兰傻眼了,双山镇的大地被太阳烤焦了头皮,头皮屑被来往的脚步碾碎,然后又被汽车带得满天飞。

正打算离开双山镇的时候,陈千兰突然看到一个女人追着废纸满街跑,陈千兰凉透了的心猛然热了起来。

陈千兰激动地望着那个女人出神,当她走近那个女人后,才知道她是个疯女人,她追着废纸说:"钱,钱啊……"

陈千兰走的时候,那个疯女人还在满街跑,她惊奇地发现,因为那个疯女人,小街居然洁净了很多。

比邻而居

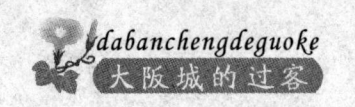

窗外是很深的夜，夜里是无边的雨。

站在窗前，杨阳的心有如雨花，一朵朵地谢——他的妻子离家出走一天了，他不知道她现在会在哪里。

隔壁邻居的小狗一直在叫，杨阳被吵得破口大骂的时候，看见隔壁邻居的院墙突然倒塌了。邻居的死活与杨阳无关，他现在担心的是他的妻子，所以，他没有过去看看的意思。

拿着手机，杨阳不知道该往哪儿打，该问的地方他都已经问过。

一声雷响过，窗外的一棵树就倒下了，栖息在树上巢穴里的鸟，拖着一身雨水在夜里飞走，那叫声，十分撕心。杨阳说，雨水中来回飞找的鸟儿哟，多可怜……

失眠了一个夜晚，天快亮的时候，杨阳睡着了。睡着了的杨阳没有看见——

窗外，天要亮了。他担心了一个夜晚的妻子，趁着黎明前的黑暗从隔壁邻居家出来，去车站买了一张长途火车票……

第一辑 含着泪的你的眼

倾城之恋

广场上,他在她的前面,她在他的后面,他和她只隔着一步的距离。
"假如你退后一步,我们就在一起了……"她说。
"你往前一步吧,你往前一步,我们就在一起了!"他说。
她没有往前一步,他也坚持着没有退后。
从中午到黄昏,他和她都坚持着自己的立场,黑夜就要包围过来的时候,他和她猛地颤了一下,随后,广场四周传来惊天动地的哭喊声:地震了,地震了……
终于,他和她,两尊石像,紧紧地挨在一起了。

会奔跑的树

在他的前面,那棵大树,居然在月光中奔跑。

他停,树也远远地停下;他走,树就在前面快速奔跑。他吓得不轻,掉头撒腿就跑。

月亮很亮。他的腰上有一个东西比月亮还亮,那是一把板斧。

在铁塔里飞舞

她跨墙进城，一身黑衣。她的名字叫夜，善良而胆小的城民落荒而逃。

他穿上有翼的鞋子，飞沙走石。他是城里唯一的勇士，他的名字叫梦。他梦想着太阳，梦想着蓝天，与她横眉冷对。

高手过招，必须冷静，轻颤着，谁都没敢先向对方出招。

对峙中，月光下，许多人已浪迹天涯。

最终，她和他握手言和，但城墙已在双方暗自运力的对峙中倒下。没有了城墙的城，有无边的风沙。她在城的中央发现了铁塔，他在铁塔里发现了两个紧紧相拥的情侣。风沙弥漫，灯点不亮了，她和他只好变成两只飞舞的萤火虫，在铁塔里飞舞。

从此，地老了，天荒了，铁塔里的光还亮着。

在洋酒里梦游

他不知道李白，但他像李白一样能喝酒，喝白酒。白酒是他的至爱。

那天在酒店，为了不失儿子的体面，他只好在洋酒里梦游。

喝完洋酒，他晕乎乎地和儿子从酒店出来。坐上儿子的轿车，他想象着儿子的家，那个家里有美丽的儿媳妇和可爱的孙子。他从未和儿媳妇及孙子晤面过。

他向往在儿子的家里住上几天，儿子的车却在一家旅馆前停下，儿子说这些天家里有客人，叫他先住旅馆。

一连几个夜，他迷糊在洋酒的余味里打喷嚏，他觉得，是千里之外的亲人和朋友念他了才打喷嚏。

在旅馆住了好多天，还没有见儿子来接他，他就急了。

他不知道儿子家的门牌号，只好边问路边向儿子的单位走去。

他向儿子单位的保安说出儿子的名字，保安问找他有什么事情。犹豫了一下，为了不失儿子的体面，他说是找办事的，保安笑了，那表情很冷。

他不知道保安为什么把他轰了出来。

不知道儿子家的门牌号，更没有儿子家的钥匙，他只好买了车票回乡。

在车站，他打心里恨儿子，恨儿子把他丢在旅馆里。他很遗憾没有见着儿媳妇和孙子。

车快要开走时，他发现车站前的商店里有他和儿子喝过的那种洋酒卖，一向节俭的他竟然买了一瓶，喝了，他就在洋酒里梦游。

车刚启动，他却看见儿子被警察押着从车站经过。

……

他从几千里的路上，梦游到他那卑微的村庄。

第二辑

跳着爱的你的心

我想去桂林

小雅注意到那个男人很长时间了。他总在她开唱时准时走进酒吧来，又在她演出完后马上离去。他来，总坐在离舞台最近的中间位置上。他并不像其他观众那样尖叫或者两手跟着节奏舞动。坐在那里，他总是望着小雅出神。

刚注意到他时，小雅以为他是像其他人一样迷上了她边跳边唱的模样，甚至是喜欢上了她。再后来，小雅以为他是一个星探，因为他会在听着她演唱的时候点头表示很好和摇头表示很糟。

而很多时候，小雅发现他根本没有在听，只是坐在那里沉思。小雅就想，难道他每天准时来准时去，只是为了消遣几个小时的无聊时光？难道他想带一个乐队，来学经验？

百思不得其解，小雅就把这件事告诉了主音吉他手梁子，梁子是小雅的男朋友。梁子想了一会儿，说："你这样一个美人胚子，他一次次坐在那里出神，难道你不觉得他是在观赏你？咱们的乐队能活，主要还是因为有你这个美人儿嘛。"

小雅觉得梁子的分析是有道理的——从做乐队的主唱到现在已经五年了，她这个美人的嗓子和美貌一直就很能套牢男观众的花篮。

天突然就下起了小雨，雨一下就是半个月。这半个月里，他居然没有来。小雅莫名其妙地有些期盼看到他，因为在小雅唱每首歌曲的副歌部分时，他总是一副陶醉的样子，并且总点头表示很好。他点头的样子，让小雅觉得很有劲儿。

他怎么没有来呢？小雅想，也许是因为他住的地方离酒吧远，下着雨不方便出行吧。

久雨绵绵初放晴,他又准时来了。这次,他在小雅演出完准备回出租屋的时候,径直走向小雅,这让小雅很意外。

他说:"半年来,你让我少了很多寂寞,谢谢你……"

"啊?"小雅有点莫名的紧张,说:"你半个月没有来了!"

"因为我要离开这座城市了……我是广西人,广西桂林,这半个月,我在给新来的那个小伙子交接工作,忙。"

"啊,原来是这样!"

"每晚来酒吧,是因为我想家,你每晚都会唱《我想去桂林》这首歌,听你唱这首歌,我感觉很亲切。为什么每晚都要唱《我想去桂林》呢?"

"我是从广西来的,我家离桂林也不远,每晚演出我都要唱《我想去桂林》是因为我也很想家……"

每个夜晚,他曾坐过的位置,有时候空着,有时候有人坐着;在空与不空之间,小雅总会习惯地望那个位置,之后,坐在那里的人走了,没有坐在那里的人也走了。小雅总觉得,他还坐在那里,看过来,再看过来……

凤　嫂

凤嫂的丈夫逝世已经九年了。

丈夫逝世后,凤嫂一直没有改嫁。她和年幼的儿子皮皮住在山脚下的土坯屋里。

她的土坯屋看上去岌岌可危,大家都在心里暗暗担心。乡亲们和村长商议后,大家给乡政府写了一份申请,希望乡政府能为凤嫂补牢她的土坯屋。

从村长拿着申请往乡政府屁颠屁颠跑去的那一刻起,乡亲们就开始期盼着:一个月,两个月……直至有一天!

那一天,天公像一头发怒的狮子,它用滚滚的雷声和瓢泼的大雨发泄了一个昼夜。听到山脚下"轰"的一声巨响,乡亲们向山脚下跑去……

凤嫂的土坯屋倒塌了!

凤嫂的儿子皮皮在雨中哭得惊天动地。他湿透了的衣服紧贴着身子,他的头发上流淌着小溪。

村长将皮皮搂在怀里,问皮皮妈妈在哪里。皮皮用他的小手拭去脸上的雨水,哭着说妈妈将他抱出屋后又跑进屋去了。

村长很恼火:"都抱着你跑出来了,她还跑进屋去干嘛?"

村长痛心疾首地命令:"乡亲们,找工具吧,赶快将凤嫂刨出来。找不到工具的,用十个指头也要刨!"

刨出凤嫂,大家的脸上泪与雨混成一体:凤嫂的脑袋已开"花"。

凤嫂死了!

死了的凤嫂手里紧紧握着丈夫的遗像!

路

他等在四季花开的钟情居，从青春年少到头发斑白。

我去钟情居，是想告诉他一个秘密。见到他时是黄昏，夕阳里的钟情居十分安静。

"阁下到钟情居，有何贵干？"他冷漠地说。

"我来，是想了解一件事情，并告诉您一个秘密。"

"嗯？"

"您在这里等一个叫飞蝶的女子，等了一生？"

"无可奉告！"

"您告诉我，我才可以告诉您一个对于您来说，很重要的秘密。"

"别和我谈条件！"

"我得了解这件事情，才可以告诉您秘密。"

"确切地说……我不是等飞蝶，而是等南剑！"

"南剑？武林中南剑和北刀齐名，您是北刀，等南剑为何？"

"因为飞蝶爱的是南剑……我一定要亲手杀了南剑！"

"何以见得南剑会来钟情居？"

"飞蝶的父母葬在子夜山上，她会和南剑来祭奠，钟情居前的古道是上子夜山的必经之路！"

"但是他们没有来，不是吗？"

"是的，这一生，我一个人没日没夜地等在四季花开的钟情居外，哪儿也没去，我不想错过飞蝶和南剑上山的机会，可是，一直等不见南剑来……"

"我要告诉你的秘密是，南剑早已死了。"

他很震惊，表情很复杂，我翻身上马。

马一路狂奔，骑在马背上，我很失落，我没有告诉他真正的秘密，因为，我原以为他是一个值得让人怜惜的痴情男人，没想到他等的是南剑……

我原本想告诉他的秘密是：巍峨的子夜山的另一头，几十年前人们就修了一条更宽阔的上山路……

风中有朵雨做的云

她绷着脸。天空里，浮着一朵乌云。
"大叔，这是一张假币。"
他接回假币。
"哦，那我换一张。"
她很为难。
"大叔，这张还是假币！"
天空里，乌云在悄悄移动。
"哦，那我再换一张。"
她更为难了。
"还是假的！"
天空里，乌云开始奔跑。
"哦，再换！"
"假的！"
他头上开始冒汗。他抬头看天，天要下雨了！
"再……再换！"
"假的！"
天空里，电闪、雷鸣。
"再……换！"
"假的假的！"
他把口袋里的钱哗啦一下拉出来，头上流下的汗成了线。
"不买了，要下雨了我得回去……狗日的许志强，给老子的全是

假币!"

他的背影在一点点变小,最后消失在雷声和闪电的深处。

天空里大雨倾盆而下,她旁边的女人问:

"他说的许志强是不是你哥啊?"

她张了张口,回答被一声炸雷淹没。

夜的深处是密密的灯盏

银花树掩映着李西村的一幢幢草房，很美。

一群城里人这天到李西村来了。

青山围着城里人转，他喜欢城里人漂亮的衣装和白嫩嫩的脸蛋。

黄昏，城里人要回城了，城里人一个个用了全力摇着银花树上的花，乡亲们没有急，青山却急了。

青山是李西村出了名的暴生牯牛！他高壮的身子往树下一站，瞪着牛眼，一个个地问："你为什么要摇这树上的花啊？"

"我外婆病了，她在病床前需要春的气息！"

"我要把这花摇下来，送给我的女友，我要和她分享这特别的花！"

"我要把花带回去，放在我儿子和丈夫的房间里……"

"……"

"不行，你们不能这样！"

"我们摇花，是付钱给村长了的呀，为什么不可以摇？"

城里人带着花走了。

夜里，青山躺在床上，听到窗外传来凄惨的鸟叫声，他的心针扎一样疼。鸟巢里的蛋随花落地时已碎，那些城里人不知道，现在母鸟们欲用滴血的叫声撕破漆黑的夜。

青山一骨碌从床上爬起来，他要砸破村长家的门。

"狗日的，你出来听一下那些鸟叫声！你出来！"青山用他的牛蹄猛踹村长家的门。

"你少嚷嚷，我是为了李西村！你爬到村前的云山上望望李西村，再

大阪城的过客

朝其他村子的方向望望就知道了！"村长在屋里生气地对青山喊。

青山就爬上了云山的山顶，他朝李西村望——李西村漆黑一片。村民们为了节约电费钱，都早早地关灯睡觉了，他知道。

青山再朝其他村子的方向望，他就皮球一样泄了闷气，他看到——

夜的深处是密密的灯盏！

被风吹走的夏天

天空，跪倒在一片白孝巾里。

他想拉断人们那断肠的腔，他想把被人们无限放大的悲哀握在手心里。但他不能，他只能站在老树下，轻轻地颤抖。

她是这场葬礼的主角，此时，任由一帮低俗的戏子，抢了她人生最辉煌的戏。他曾经是多么喜欢戏台上的她啊，而现在，她静静地躺在棺材里，享受着她一生中最无声的夏日。

他站在老树下，风把树叶吹得哗哗响。他看到自己倾斜的影子，挂在老树前的墙上，他觉得影子晾着他半辈子的爱恋，拖着他一辈子的叹息。

他抛开葬礼上的人，一个人上路了。

去大悟的路上，他就想她；去大悟的路上，他觉得，她生错了年代；去大悟的路上，他想她的明眸，想她的长发……

想着她的时候，路绕进了大悟庙。大悟庙离葬礼很远很远。

他对老和尚说那大火，他对老和尚说那晚的月光，他对老和尚说他在她的窗外看到她脱下戏服试穿嫁衣……最后，他对老和尚说，他看到那些马，他看见那些火箭在夜空里滑翔，雨一样落在她的屋顶。

在老和尚的面前，在他的头发一缕缕飘下的时候，他听到庙外的风吹得哗啦啦的。他知道，红尘里的最后一个夏天，从此就被风吹走了！

走过无依巷

老马在无依巷前摆了个修鞋的小摊子。没有生意的时候，老马就望着不远处的那个广告牌发呆。

老马并不老，他其实只有四十岁，人们叫他老马，是因为他二十多岁的时候头发就全白了。

不知道从什么时候开始，老马注意到了一个和他儿子年龄相仿的年轻人——他年纪轻轻的，竟然总来无依巷。

又见那个年轻人走进无依巷，老马就善意地提醒道："无依巷这个地方不适合你，远着点吧。"

被提醒的年轻人总是不解地看着老马，大模大样地走过去了。

老马很生气："怎么不听我的话呢？"

那个年轻人总来，老马总予以劝告，年轻人对他很反感，总是白他一眼就走过去，老马就不再劝他，老马只在心里说：你迟早会出事！

年轻人依然一直往无依巷走，他并没出事。老马感到有些奇怪，又有些失望，时间久了，老马不由自主便走进了无依巷……

进了几次无依巷老马没事，他就觉得自己以前很傻。然而不久之后，老马得了梅毒，更要命的是，在梅毒还没有治疗好的时候，他又被检查出得了艾滋病。

老马很悲哀，再见到那个年轻人，他固执地拦住了他说："你不能再进无依巷了，无依巷会害死你啊，我已经被害了啊！"

年轻人生气地说："无依巷的出租屋便宜，我收入这样低的打工者，不在里面租房我住哪儿？"

老马怔了一下说："哦，原来是这样……唉，提醒别人往往很容易，但能做到时刻清醒地提醒自己却很难啊……"

老马不久后就在无依巷消失了，无依巷进进出出的男人们从那个年轻人的身边走过时，他的心里总会觉得冰凉冰凉的……

离别的车站

下了火车,大兵一眼就看到等在午夜深处的小梅。

小站的灯都还醒着,大兵在小梅的注视中走过去,心里酸酸的。

"这么晚了,你不用来接啊!"

小梅不说话。眼睛里噙满了泪水。

"走吧,咱回去!"

小梅站着不动。

"咋啦?"

小梅的泪水哗啦一下冲出眼眶。

"这……咋啦?"

"部队来电话,汶川发生大地震,叫你回医院,去汶川。"

小梅递上一张车票说:"车票已买好,现在离发车时间还有一个小时。"

大兵的脸上写满哀伤:"对不起,我们明天的婚礼……"

小梅擦去泪水:"走,去旅馆,我……现在嫁给你……嫁给你一小时……"

"不,小梅……"

"走!旅馆的房间我已经订好了,我们只有一小时,求你,我亲爱的军医先生,你将奔赴救援前线……"

大兵站定、立正,给小梅行了一个军礼。小梅怔了怔。

上火车的时候,大兵轮廓清晰的脸上写满刚毅,他站定、立正,又给小梅一个军礼。

第二辑 跳着爱的你的心

火车启动了，小梅放声痛哭起来，她追着火车朝大兵的车窗喊："活着回来娶我……你欠我一个小时的婚姻！"

大兵从车窗里望着前方，他没有回头。只有铁轨，在急速地往后飞去。

一堵墙的启示

我发现她像我一样，喜欢用眼神将窗外的云朵搬来搬去，因此，我总想和她说点工作之外的什么。

可以算作意外，我们用眼神搬来搬去的云，有一天变成了细雨，它在我们下班的路上淋湿了我们的沉默。

她说："你来半年了，我一直想带你去看一堵墙。"

我有些莫名其妙，但还是很向往地说："那好啊，经理，您什么时候带我去呢？"

她说："等夏天吧，夏天的时候。"

我说："那堵墙一定很特别！"

她不再说话，拐了个弯，我一愣神她就不见了，细雨淅沥淅沥的。

那次对话后，我重新忙碌，累，然后想那堵墙。

夏天的时候，她说可以去看那堵墙了。她开着车，朝城市郊区的方向。一路上远山在奔跑，电线杆在逼近，坐在疾驰的车中，我的心上有千万只蚂蚁在来来回回爬动——那会是一堵什么墙？

墙是一堵结实的土墙，除了结实，它没有什么特别。

我说："这是一堵普通的墙！"

她说："是的，但这普通的墙上，有那么多在墙壁上不断生长着的草！"

我说："哪里有草？分明只有一些草根！"

她说："草根之前是草，春天的时候它们耀武扬威、盲目骄傲地疯长，最终越过了墙头，它们对经常拴在墙下的那头牛熟视无睹……"

我突然明白了什么，似乎又什么都不明白。

她说："你很像这草，我是那头牛！"

回时的路上，她的车撞碎了公路上所有的阳光。

在我下车的路口，她把头从车窗里探出来看我，走了几步，我转身鼓足勇气说："经理，对不起，我人年轻，爱出风头……以后，我改……"

说完我就走了，我没敢回头——我怕有风拂来，怕她额前的那撮黑发，一不小心，弄乱了六月的秩序……

飘

苏立波饮了一杯杏花酒，撑着雨伞，在去工厂的路上，小小地醉。

风裹着雨，苏立波把自己当成一叶小舟，在雨花里，朝那个叫做工厂的岸飘——

街前，苏立波的耳边突然飘来一个声音："苏立波，生日快乐！"

苏立波吃了一惊，今儿个是自己的生日？来者是他的一位工友，苏立波疑惑地笑笑，他不知道来往很少的工友为什么知道他的生日。

工友笑着快步走过去。

风裹着雨，苏立波在雨花里，朝那个叫做工厂的岸飘——

一辆车猛然停在苏立波的身边，车里的女人是车间主任宋可可，她摇下车窗，把头探向车窗外朝苏立波微笑："苏立波，生日快乐！"

苏立波很吃惊，自己的生日，车间主任怎么也知道了呢？恍若隔着时空，苏立波想替宋可可擦去落在她脸上的雨滴，然而，宋可可的车呼一下就射了出去。

苏立波朝着岸继续飘——

又一个路上的熟人对他说："苏立波，生日快乐！"

苏立波感动得泪都快掉下来了。

风裹着雨，苏立波终于靠岸——

一进工厂，厂长满脸堆笑："苏立波，生日快乐！"

这回，苏立波看到厂长的笑有点暧昧，苏立波拉平时和自己很要好的刘牛到一边，问他大家为什么知道他的生日，为什么厂长笑得那么暧昧。

刘牛拿出手机，给他看了一条短信息：您好，我是苏立波的老婆，我瘫痪

第二辑 跳着爱的你的心

在床三年了,今天是苏立波的生日,他的手机忘在家里了,我用他的手机群发了这条短信息,也许您是他的上司、工友、同学……虽然他是个很老实很笨的人,但是如果您今天见到他,希望您祝福他……

苏立波哭了,他的哭声,把整个工厂塞得满满当当的。

一个植物人的苏醒

沉睡了十年,他竟然醒了过来。醒来后,他开始一一地寻找。

他先找到曾经崇敬的老师——

他不敢相信,他崇敬的老师从校长做到教育局局长,现在,被囚禁在监狱里。

他见到了久违的朋友——

朋友们见了他,惊喜过后,祝贺他"重生"后,开始问他是否还继续开以前的公司……他很悲哀,以前的情意,如今看来只是生意。

他找到了深爱的父亲——

他很悲哀,父亲成了一堆矮矮的坟墓。

他回到深爱的家——

他看到了被锈锁锁上的门。邻居告诉他,他的母亲,住在养老院里。

他要找他的弟弟和妻子——

邻居告诉他,他的妻子嫁给了他的弟弟,在省城经营着他曾经的公司。

天旋地转,他无力地跪倒在地上。

几天后,他的母亲来到老屋:"儿啊,你不醒过来多好,醒过来了,你怎么承受得住啊,我的儿……"

他说:"不哭,我的娘,人生的路,岔口太多,有的人走着走着就散了;不哭,我的娘,人就活几十年……没有什么是属于我们的,就连我们的命,都是阎王的呢。"

他和母亲住在了老屋里。

老屋经年无人居住,阴暗而潮湿。天晴的时候,他会朝窗外灿烂的阳光抓一把,然后,把握紧的手在老屋阴暗的角落里展开……他在心里洗着未来,晾着过去。

啤酒娃回乡

十年了，啤酒娃今天回乡。

父亲在村口看见他时，已经认不出他是"啤酒娃"，他现在更像"茅台酒"。

小时候，啤酒娃喜欢在小镇上四处寻找人们丢掉的啤酒瓶卖，有的啤酒瓶里有少量的啤酒，他会把它喝掉，所以大家就给他取了绰号叫啤酒娃。

啤酒娃在村口叫住父亲，递给父亲一支香烟，叫父亲陪他走一圈。

父亲先陪他去看生他养他的老祖屋。站在老祖屋前，他说：

"好矮，好矮……"

"啤酒娃可能要让村里的这些老瓦房变成高楼！"父亲在心里想。

父亲陪他去看古井，他说：

"挑水，好累，好累……"

"啤酒娃要帮乡亲们解决吃水问题"父亲在心里高兴地想。

父亲陪他去找在田地里干活的前妻，走在小路上，他说：

"好陡，好陡……"

"啤酒娃可能要让村里的这些土路变成宽阔的街道！"父亲在心里欣慰地想。

陪着啤酒娃，父亲发现，啤酒娃看到什么，都是皱着眉头的，便犹豫着问：

"你那漂亮的……小老婆呢？"

"走了，卷着我的钱走了……"

"你来了，谁照看你的……公司呢？"

"倒闭了！已经倒闭了……"

"来，住多久回去？"

"回去已没有安身之处了！回不去了……"

父亲叹了一口气，留了两滴泪，他在心里悲哀地想：啤酒娃被别人拿去换茅台酒喝，然后留一个空瓶子，扔了回来……

请你扔了那束花

望着从窗户淌进来的阳光,老太太想叫儿媳妇扔了房间里的那束花。

整整一个上午,望着儿媳妇拉得长长的脸,老太太没敢开口。她怕儿媳妇说她折腾人,怕儿媳妇说她是无理取闹,怕儿媳妇问好好的花为什么要扔。

看完一个电视剧,儿媳妇就找邻里的女人们打麻将去了。

老太太叹了一口气,狠狠地敲了几下瘫痪的双脚,她把希望转移到儿子身上,希望儿子中午回家吃饭,帮她扔了那束花。

儿子回来时黑着一张脸,望着儿子的脸色,老太太又胆怯了,她不知道儿子遇到了什么烦心事。下了几次决心,老太太也没敢开口,她怕儿子说她瞎折腾,儿子常那样说她的。

接了一个电话,儿子饭都没有吃就转身出门了。

老太太眼里有泪珠在滚动,她又把希望转移到孙子的身上。

孙子放学回来时带着他的一位女同学,老太太又怕了,她怕孙子当着同学的面说:"奶奶啊,您不是糊涂了吧?好端端的花为什么要扔掉呢?"

孙子常说她糊涂。

没有和老太太说上几句话,孙子就要拉着同学出门去玩。老太太急了,说:"我想请你帮我扔了屋里的花!"

孙子白了老太太一眼,说:"奶奶,您糊涂了,好好的扔它干嘛呀?"

老太太沉默了,沉默了一会儿,她说:"那……你帮我……打开窗吧!"

孙子帮她打开房间的窗户就和他的同学出去了。

屋子里安静得可怕，而窗外，是沸腾的街，老太太开心地笑了起来。

从早晨到黄昏，那只为花而来的蝴蝶一直在房间里乱飞乱撞，现在它终于找到出路了……

第二辑 跳着爱的你的心

窗 外

　　我从梦中醒来。月光如水，从窗口一直流到我的床前。忽然，我发现，有一个黑影在晃动，就在我的窗外，时而俯窗倾听。我一愣，大声地打着呼噜，假装熟睡。那个黑影在窗前站立了一会儿，悄然离去。我再也无法入睡……又是一个有着月光的夜里，我醒来。我的窗外，那个俯身倾听的黑影又出现在窗口，它像极了一幅素描画。我起身，轻轻地下床，走到窗边。当我伸手欲抚摸那幅素描画时，那黑色的影子就站直了身体。黑影就要离开的时候，我的眼前出现了一个画面——五年前的一个夜晚，我被母亲从门口的河边拖了回来，我的身上湿漉漉的。我轻轻地对着那个黑影说："娘，回去睡吧，我的梦游症早好了。"黑影慌忙答应着："就回，就回……"

查 房

李欣看了一下表，又到查房的时间了。

她走进532病房，从小男孩的腋下取出体温计，不禁皱起了眉。小男孩从高烧住进来，已明显好转，可后来又高烧不退，主任说再观察几天。

她感觉小男孩看自己的眼神总是躲躲闪闪。这让她隐隐觉得病房有种神秘的气氛。

只有每天下午，她才觉得532很正常，小男孩的父母陪着他，病房里时常能传出小男孩的笑声。

李欣特别留意532病房的动静。

她今天提前来到532病房。推开门后，看到小男孩站在桌前，惊慌地抬头，一样东西掉在地上摔碎了。

"护士阿姨，你，你别告诉我爸妈好吗？只有我生病，他们才会来看我……"小男孩语无伦次地说。

她看着桌子上的一杯热水，突然明白了。

"他们很忙吗？"李欣蹲下来摸着小男孩的头。

"他们离婚了……"小男孩低下头，小声地继续说："我跟奶奶住，我故意半夜淋雨的，我很想生病！因为去年我摔坏了腿，他们都回来看我了。"

她一把将小男孩紧紧地抱在怀里，目光无意间又触到自己手腕处的蜈蚣样伤疤。她仿佛是自言自语："以后不许为了父母能来看你，做伤害自己的事！"

男孩点头。

她恍惚又看到一个小女孩，哭着求爸妈别走，可父母还是各奔东西。

地上被摔碎的体温计，几滴水银珠子在阳光下闪着光，刺得李欣的眼睛生疼。

甜蜜蜜

方小诺自杀了，周围的议论像农村老家夏夜里的蛙声一样难听。

我似乎又看见方小诺回头冲我甜甜地笑，长长的睫毛忽闪忽闪的。

那次文艺汇演，她带着甜美的笑，一首《甜蜜蜜》唱得许多男生对她动了情。

"甜蜜蜜，你笑得甜蜜蜜，好像花儿开在春风里……"

方小诺坐在我的前面，她不像我的同桌林娜那样张扬。我总会对着她白纱裙里隐隐的吊带产生遐想。

我和方小诺说话，林娜不是借钢笔就是要笔记。我咬牙看着她，她就十分得意。那天我走进教室，看到林娜站在讲台夸张地朗读着：小诺，我和你相拥在月夜里，风也缠绵……方小诺趴在桌子上哭。林娜看我进来，说，班长，我们的班花和一个男生有私情。我夺过信纸撕得粉碎，对她喊，你闹够了没有！林娜瞪了我一眼，想说什么终没有说出口，故意哼着那首《甜蜜蜜》回到座位上。方小诺变得更加安静，她瘦弱的身影显得很孤单，她身上，总是会粘着别人的目光。我看着前面空空的座位，心在滴血。"甜蜜蜜，你笑得甜蜜蜜，好像花儿开在春风里……"当妻子时不时地唱起这首歌时，我的心就猛地一疼。当年林娜读的是我写的日记。那是我的梦。是一个乡下男生暗恋一个城市女生的梦，与女生丝毫无关。信纸我是夹在笔记里的。林娜直到转学，也没说出写信的男生是我。

恨的代价

老张躺在病床上奄奄一息。

他此时特别想见到一个人，但他知道，那个人已经带着妻儿远走他乡了。

回想这几十年，自己的心里一直对他充满了恨。这恨犹如一粒种子，随时间的流逝，在心里生根发芽，越长越大。

此时，他才觉得对不住一直陪伴自己的妻子，这些年，他一直忽视她的存在。

他又想到了那个人的妻子，一想到那个人的妻子，他的心里总会一疼。她一笑起来就会露出甜甜的酒窝，让人一看就有种喝醉的感觉。他怎么都忘不掉他与那个人的妻子在一起的甜蜜时光，只是那时候，她还并不是那个人的妻子。

她背弃了自己，和那个人结了婚。

他们结婚的那天，他把自己灌得大醉，而后大病了一场。赌气与一个女人匆匆结了婚。从那时起，他就时刻与他们作对，直到他们搬离了这座小城。

那个人是他从小最好的哥们儿，那个人的妻子是与他们一起长大的玩伴小莲。

恍惚中，他又似乎看到了他和哥们儿一起下河摸鱼，一起爬山，一起放风筝的情景，又似乎看到了他在学校受伤，哥们儿背他去医院的情景。

弥留之际，他用虚弱的声音对儿子说："你要记住，不要轻易地恨一个人，恨一个人需要付出比爱一个人还要大的代价。"

一滴浑浊的泪挂在了眼角。

拉车的牛

大山毕业后,一直待在家里,无事可做。父亲说:"出去找个工作吧,可以养活自己,还可以给家里减少点负担。"大山每次都把父亲的话当耳边风。秋收时,父亲拉大山去地里收庄稼,装了满满一牛车。往回走时,牛吃力地拉着车子。大山怪牛的速度慢,用鞭子狠狠地抽在牛身上,牛痛得叫了两声。

父亲不忍,在后面帮着推。终于到了平缓的路,父亲松开了手。父亲说:"以后不要再抽打牛了,它已经尽力了!"大山收起鞭子,脱口而出:"幸好我不是一头牛!"父亲低头不语,良久,父亲说:"我觉得我这辈子就像一头拉车的牛。"大山的脚步变得沉重起来……

戒 烟

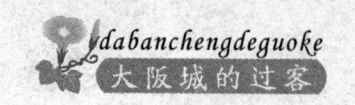

甜甜上小学五年级，是个听话的孩子。

爸爸经常吸烟，时常不停地咳嗽。细心的甜甜很担心爸爸的身体。她开始藏爸爸的香烟，让他找不到。可爸爸不知练了什么功夫，像借来了孙悟空的火眼金睛，总能轻松地找到她藏的烟，并得意地一边夸张地闻着香烟一边对着她笑。

甜甜看着爸爸的样子，嘴一撅，没办法。这样的"战争"一直持续着，仿佛爸爸很喜欢和她玩藏烟找烟的游戏。

一次单元测试后，甜甜拿着不及格的卷子回了家。父母面对甜甜这样的成绩，沉默着。甜甜一副很委屈的样子。

妈妈看着低头站着的甜甜，说："甜甜，你有什么要解释的吗？你一直学习不错，可这次单元测试为什么这样糟糕？"

"我……这段时间总是绞尽脑汁在想怎样藏烟才能让爸爸无法找到。"说完，小心地用眼角余光偷偷瞟了一眼爸爸，她觉得爸爸的脸阴得能下一场暴雨。

良久，爸爸说："好吧，我戒烟。但你能保证把学习成绩赶上去吗？"

"可以。"甜甜回答得很响亮。

从此，他在家不再吸烟。

期末，开家长会的时候，爸爸拿着甜甜的试卷微笑着，这孩子真没让他失望。他看到作文题目时，愣了。题目竟然是《我劝爸爸戒烟》，读完，眼睛有些湿了，原来甜甜那次不及格，是她故意的。

他想，从现在开始，我要真正地戒烟。

争　斗

胜利街上，有两家布行。一家叫永德，一家叫昌盛。

两年前，昌盛用卑鄙的手段垄断了市场，抢走了永德大批客户，使永德陷入僵局。幸好有两家老客户帮了永德的忙，生意又逐渐兴旺起来。

一天，永德老板的儿子兴冲冲地跑进来说："爸，机会来啦！听说昌盛用大部分资金进了一批货，没想到是次品，供货商已经跑了。我们可趁机大赚一笔不说，还能彻底把昌盛打败，听说昌盛已没资金周转了。"

永德老板听了，淡淡地说了句："我知道了。"

转眼几个月过去了，昌盛和以前一样兴旺。永德老板的儿子坐不住了，经过打听，得知有人转了一笔钱给昌盛。

晚上他找父亲对饮。给父亲倒满酒后，对父亲说："连老天爷都不帮我们，昌盛这次有人给他们转了一笔资金，帮他们渡过了难关。"

永德老板看着儿子，说："资金是我转给他的。"

"什么？爸，你为什么这么做？你难道忘了以前他是怎么陷害我们的？"他激动地站了起来。

永德老板的脸上浮现出一丝不易察觉的痛楚，拿酒杯的手竟然在发抖，他盯着儿子说："那是我人生的低谷，我不会忘记。儿子，有时给别人机会就是给自己机会，书上说，紫罗兰把它的香气留在那踩扁了它的脚上，这就是宽恕……"

他怔怔地望着父亲，什么话也没有说出来。

心里的海

拉开窗帘,她望着街上的行人和车流,轻轻叹了口气。她的视线无法穿越那些钢筋水泥筑成的高楼大厦。

她厌烦地拉上窗帘,把阳光拒之窗外。

坐在电脑前,她又点开了心中那片海。每天往海里扔三只漂流瓶,成了她的习惯,那些瓶子里装着她的无奈,恐惧,还有忧伤。把它们扔进海里,她的心就多了一份宁静。

海边的沙滩上出现了漂流瓶,她打开瓶子,纸条上写着:我接到了你的瓶子,我把它装满快乐抛给你。

她点了一下回复,写道:谢谢,你在哪?

写完,纸条装进瓶子里,被扔回大海。她有些后悔,为什么要问一个陌生人在哪里呢?

又接到他的漂流瓶,纸条上写着:我正面朝大海,听海浪的声音。

她写道:我是一只断翅的小鸟,在坚守着自己的巢穴。

再接到他的瓶子时,她心里有些莫名的期待,打开纸条,上面写着:翅膀断了,但心还可以飞。

她躺在床上,辗转反侧……

终于有一天,她收拾了衣物,提着旅行箱走出房间。母亲从沙发上站了起来,焦急地问:"你要去哪?"

"我想出去走走。"她轻轻地说。

"你把自己关在房间两个月了,不和我们一起吃饭,不和我们交流,你又想做什么?"母亲有些哽咽。

第二辑 跳着爱的你的心

"妈,你放心吧,我不会再做傻事了,我只想去看看海。"她放下旅行箱,抱抱母亲。

"真的?"母亲怀疑地问。

她挥了挥那只断了手的残臂说:"等我回来,我会出去找一份工作。"

母亲盯着她。

她说:"我只想去扔一只真的漂流瓶。"

微　笑

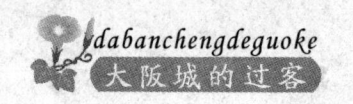

她不知道面对镜子，练习过多少次微笑这个简单的表情了，但总是不如人意。但她始终没有放弃过，在她心里一直有一个坚定的信念。

女儿考上大学的那天，她对着女儿的入取通知书微笑，笑出了泪花。

她第一次去看女儿，走进女儿生活的校园。这是她曾经那样渴望，最终女儿替她圆了梦的地方。

在她的一声呼唤中，女儿愣了一下，不安地迅速向四周看了看，犹豫着走了过来。她把带来的东西递给女儿。女儿接过东西后焦虑地对她说："你……你以后别再来了，需要什么我会回家取的。"

她清晰地听到心里多年建起的一座雄伟雕像倒塌的声音，轰然倒在她心里最柔软的地方，那种闷痛几乎让她晕倒。她甚至还没来得及向女儿展示一个微笑。

她仿佛又看到了十五年前的那场大火，火烧了她们的家，她挣脱人们拉着她的手，冲进屋子抱出了五岁的女儿。醒来后，在病床上的她失去了原来漂亮的脸，她却一直对着身边的女儿微笑。

当年从火神魔爪下逃生的女儿现在已和自己一般高了，漂亮而时尚。

她看着女儿，女儿紧张得不时回头张望。

她努力调动自己的面部肌肉，想再给女儿一个微笑，但却怎么都没有笑出来。

第二辑 跳着爱的你的心

救 援

这是一场 8 级的大地震，道路阻断，房屋损毁。

救援小组在紧张有秩序地抢救压在废墟下的伤员。

"快来，下面有人！"已经疲惫不堪的张亮突然喊道。

战士们用双手奋力地搬着倒塌的钢筋水泥板，生命探测仪显示这里有生命迹象，三天了，他们不敢有丝毫的停顿。

一个小时左右，张亮对着扒开的缝隙急切地喊："下面有人吗？"

没有一点声音，战士们心里一沉，但谁都没有放弃。

突然，里面传来了断断续续的哀嚎声。大家泄了气，停止了挖掘，神情显得很沮丧。战士们听得出，那是狗的叫声。

哀嚎声没有停止，一声接着一声。张亮心一软，狗也是一条生命。他和战士们终于把堵在声音来源处的混凝板搬开。

张亮通过扒开的废墟口，看到一只黄狗，它被房屋倒塌的大石板隔成一个三角形的生存空间。

张亮伸手拉它，它却挣扎着不肯出来，张亮用力将它拉出来，它低声哼哼着，使尽全身力气挣脱张亮的手，回头望着他，目光显得那样悲壮。它叫了两声，一拐一拐地钻进去，伏下前身，快速地用爪子拼命地扒着一块水泥板，仰起头又叫了两声。

张亮两眼一亮，命令战士们继续挖掘。当战士们把那块水泥板搬开时，看到一个昏迷的小女孩。

那条黄狗无力地趴在地上，摇了摇尾巴，爪子上的血已经凝固。

原谅青春

她有一头飘逸的长发，如花的脸上掩饰不住一丝忧郁。她喜欢坐在足球场边的绿荫树下看书。

球场上奔跑的男生们，成了她心里跳跃的旋律，但她不知道，她却是那帮男生们心中亮丽的风景。

他走到她身后，拂起她的长发。

一声惊叫，她跳了起来。

时间仿佛静止了一般。

她惊愕地站在一边，稀疏的头发贴在头皮上。而他的手里握着她飘逸的长发。

她流着泪夺过假发跑开了，书落在了地上。

他傻傻地拾起书，上面有个清秀的名字：杨媚。高二三班。

他听她的同学说，她小时候受过惊吓后开始脱发，直到现在这样。

球场上没有了那帮奔跑的男生，绿荫下不见了她的身影，死寂一般，又像什么都没发生过。

她从同学手里接过那本书，书中有封信：

对不起，我知道，我没理由请求你原谅。和踢球的哥们儿打赌，说可以闻出你用的洗发水的味道。如果非要给自己找个理由的话，就请你原谅青春吧。球场边，习惯有你的身影，还来好吗？

落款是一个自责的男生。

一个明媚的午后，她穿着蕾丝裙出现在球场的时候，那帮男生走了过来。她惊奇地发现，他那酷酷的发型不见了，光光的头皮上还可以看到青青的发根。

孤独的舞者

一个女子在楼顶翩翩起舞。

她舞姿灵动,柔美。一袭白裙,裙角在风中飘扬。

闹市的街头,很快聚集了很多人,他们好奇,女子为什么在楼顶跳舞。好奇归好奇,人们依然为女子轻盈的舞姿叫好、喝彩。

街上的人越聚越多,渐渐阻碍了交通,有的司机也摇下车窗,抬头仰望。女子也舞得更卖力了,旋转、翻腾,身体柔韧而绵软。

交警过来了,试图疏散人群。

这时,人们张大了嘴巴,一阵惊呼,只见楼顶的女子翻转身后,优雅地张开双臂,纵身一跃,身体飞了出去,如一片雪花,一片羽毛。

围观中,胆小的女人们惊叫着用手捂住了眼睛。

在坚硬的地面上,白色花心周围绽开了一片红。

警察在女子身上找到一封信:

再见了,我的梦想,再见了,这个世界。我对你们又爱又恨。我要做人生最后的女一号,没有灯光,没有配角……

对面楼的阳台上,一个男人冷漠地看着这一切,他掐灭手中的烟,拿起电话,说:"王导,昨晚在你房间那个喝醉的女孩儿自杀了。"

电 话

我拿着电话，不情愿地走下楼。

我在小区闲逛，四周的楼房坚固地矗立着。小区休闲椅上大人们仨一帮俩一伙地闲聊，那悠闲自得的样子，让人羡慕。孩子们的笑声时远时近，嬉戏的身影时而在我身边跑过。

我的眼前出现了小区楼房突然倒塌的情景，残墙断壁，灰尘四起，墙体内的钢筋赤裸裸地展现在我的面前，被压得变了形的钢窗仿佛在张着大口残喘。我惊呆了，那些闲聊的人们，欢跑的孩子们没来得及躲开，横七竖八地被压在断壁瓦砾中，他们在呻吟，声音越来越远……

电话响了，我眼前的一切消失了。

不用看我也知道是她打来的。已经第四遍了。

我不耐烦地叫了声"妈……"声音重且拉得很长。

电话那端她这次平静的声音倒让我有些意外。"你在哪呢？"

我马上说："听您的话，在空旷的广场呢。"说完，脸有点热。

"回去吧。弄清楚了，没有地震，是山体滑坡。"

"妈……您……"我停顿了一下，用近似生气的口气说："又弄出个山体滑坡，您以后能不能别听他们乱说啊。"

"……"电话那端没有说话，只听到轻微的喘息声。

"妈……"我有些自责，声音很轻。

"我不信，因为你，我信了……"妈妈后来的话，我怎么也没有听清。

冬天里的阳光

感觉那个男人又在跟着，小莫就不耐烦了。她索性坐在地上，脱下高跟鞋，用力甩出很远，然后在心里悄悄地数：十、九、八……当数到一的时候，果然，那个男人手里拿着她甩出去的高跟鞋，陪着笑脸，站在她面前。

"小莫，穿上。"男人蹲下要帮她穿。

她一把夺过鞋，光着脚，挥舞着高跟鞋急速向前飞奔。

"小莫！"男人追了上去。

她扔下高跟鞋，从包里掏出水果刀，突然转身威胁说："别再跟着我！"刚说完，她惊呆了，水果刀竟然刺到了他。她没想到，他会这个时候撞上来。

"我不是故意的！"

男人慢慢蹲下去，红色的血浸透了他的衣裳。她的手在抖——憎恨了那么久的男人，他倒下了。

"原谅我……"男人说。

她浑身发抖，没有回答他的话，男人眼里的期盼就一点一点消散去。

"我没有办法承认你！没办法！"她歇斯底里地喊。

"十八年前，我们村……我只喜欢她……"

男人的血一直往外涌，一秒钟，两秒钟，三秒钟……她开始慌了，看着男人大口地喘气，她哭着拿出手机打120求救。男人的大手伸过来，她没有来得及躲闪，那只大手就落在了她的头发上，轻轻地抚摸。

冬天的街上有些许冰冷，太阳从云朵里钻了出来，照耀着她和十八年前强奸她母亲的这个男人，男人的大手很陌生，却带着父爱，带着阳光的温度……

挣 扎

他为自己泡上一杯茶，拿来一份报纸，无聊地翻看着。

突然一股莫名的火窜了上来，随手把报纸狠狠扔在了地上。报纸的整个版面大力宣传在各方领导的带领下，国泰民安。

他愤怒！身体却无力地靠在椅子上。

拿起茶杯喝了口茶，重新理了下思绪。自己被闲置起来，现在这官位沦落到不上不下，有实名没实权的尴尬境地。怎么都想不明白，自己为老百姓伸张点正义怎么就这么难呢！时时刻刻都能感觉到，一股股的阻力，都是无形的，摸不到，看不着，但却真实存在，就像一张网，你越是挣扎，网就收得越紧，直到让你无法动弹。

他沉思着，眉头深锁，轻轻叹了口气。

拳头砸向桌子的同时，他发现桌面上有一只蚂蚁在快速爬动着，他拿起笔轻轻触碰一下它，蚂蚁惊慌失措，迅速躲闪。他突然很有兴趣，蚂蚁向哪个方向爬，他便在哪个方向堵截。反反复复，可蚂蚁好像仍不甘心，继续到处寻找可以逃生的路。

他看着看着，若有所思。下意识地伸出食指，轻轻按住蚂蚁，就那样轻轻按着，没有用力。一秒钟，两秒钟，三秒钟……他可以感觉到蚂蚁在它食指下轻轻挣扎，费力蠕动。他终于松了口气，放走了那只蚂蚁。

把剩下的茶一口喝完，他拿出早已写好的一封检举信，签上了自己的名字。

第二辑 跳着爱的你的心

一把藏刀

村东头八十六岁的张爷爷，身体很硬朗。

他经常坐在摇椅上，悠闲地晒太阳，手里总是把玩着一把藏刀，那把藏刀在我看来并没什么特别，但他却当宝贝一样，谁都不让碰一下。

"你个死老头子，整天拿着那把破刀看个没完，你啥时那样看过我？"张奶奶不喜欢那把刀，每次张奶奶说这话，他就抬头冲着张奶奶傻笑。张奶奶去世后，我就很少再见到他的笑容。

我对那把藏刀产生了兴趣。

那天，他拿着藏刀在摇椅上睡着了。我轻轻地靠近他，伸出拇指和食指捏住刀柄，想从他手里抽出来。

"臭小子，又在打我刀的主意？"他突然睁开眼睛说道。

"哎呀，爷爷，您吓我一跳！"我拍着胸口继续说："我不是打您刀的主意，我是好奇，这刀一定有故事吧？"我讨好地蹲在他的摇椅边上。

摇椅发出均匀的声响。

"当年，鬼子和伪军不知从哪得到的消息，我们村里有抗战首领，他们包围了村子，连只鸟飞出去都恨不得拔了毛。是这把刀帮我为党组织送了一封重要的情报。"他眯着眼睛，淡淡地说。

"这把刀是怎么帮您的？"我好奇地问。

"你看看这儿。"他伸出右腿。

我看到在他右小腿上，有一条五厘米长的伤疤。

在摇椅均匀的声响中，张爷爷闭着眼睛，深深的皱纹里似乎流淌出一丝不易察觉的笑容。

67

寻　找

我失眠了，而且内心一直有着一种无法控制的冲动。

那天晚上，主人像往常一样用手一指那面墙，墙面上出现了一个画面，一种奇怪的动物出现在画面上，它们浑身长满了厚厚的毛，它们在雪地里奔跑……我目不转睛地盯着屏幕看了半天，隐约听主人谈论好像是两百年前的狗。

我一惊，那岂不是我的祖先嘛！

我默默地走到梳妆镜前，看着镜中的自己穿着主人从狗狗名牌服装店买来的衣服，看着脖子上戴着的那块亮晶晶的纯金狗牌，我努力地思索。我的两只前爪可以做一些力所能及的事情，譬如为主人端咖啡。我的两只后爪上穿着类似于主人脚上被她称之为鞋的东西，走在地板上哒哒地响。找遍全身，唯一和祖先相似的地方就是头上还留有一些毛。

我百思不得其解，我为什么没有传承祖先那一身厚厚的皮毛呢？为什么我要用两只后腿走路？渐渐地，我养成了一种习惯，主人不在家的时候，我像主人一样用前腿托着头在思考。

终于，我下定决心，我要离家出走。

我幻想在某一个地方，希望还会找到和祖先一样的狗。为此我兴奋着。

当我穿着名贵的真皮马夹跑到大街上时，寒冷的风让我马上打消了这个念头，我身上名贵的真皮衣服难以抵挡刺骨的寒风，还是等到夏天再说吧。

第三辑

带着笑的你的脸

卖烧饼的女人

他又回到了这座小县城。

他每天从街头的烧饼摊路过时，都要买两个烧饼，雷打不动。渐渐地，他爱吃烧饼，街上的人都知道。

卖烧饼的是一个上了年纪的老女人。她的衣衫洗得褪了色，但还算干净。女人在这里卖了多少年烧饼，已无人记得了，她的烧饼摊算是小县城的一道风景。这几年，买烧饼的人已经不多了，和街边的其他小吃相比，显得冷清了许多。

"还买两个吗？"卖烧饼的女人看到他，笑着边问边熟练地挑了两个装好，并没等他回答。

他递过钱，对女人笑了笑，转身离开。走了几步，又站住，回头看着女人。女人坐在摊位后，秋风吹乱了女人银灰的头发。

他犹豫了一会儿，说："天有些凉了，多加件衣服。"

女人愣了一下，看看周围，确定他是对自己说话，忙站起来说："谢谢，谢谢。"

那天，天空飘着雪花，他像往常一样，拿好烧饼，付钱给女人。女人接过去，又找回了一半的钱。

他不解地看着她，担忧地说："生意不好做，降价了吗？"

女人摇摇头说："先生，您是个好人。昨天我才听说，有人看见你把买的烧饼给了桥洞里的乞丐。所以，我只收你一个烧饼的钱。"

他没有说话，坚持放下钱，转身离开了。

他记得许多年前，烧饼摊的生意特别好，总是围着许多买烧饼的人。

第三辑 带着笑的你的脸

有一个大孩子，浑身脏兮兮的，每天站在烧饼摊边上，一边看着人们买烧饼一边贪婪地咽着口水。那个卖烧饼的女人，总是把一个热热的烧饼放在他脏兮兮的手上……

那个大孩子就是他，他曾经是一个乞丐。

等　待

他看着父亲的背影，轻轻叹了一口气。

父亲的脊背已不再挺拔，他觉得父亲突然老了，鼻子一酸，想说的话又咽了回去。

日子在他深深浅浅的叹息中轻轻飘去。

父亲递给他一支烟，之前他从未吸过烟，这点父亲也知道。他接过香烟学父亲的样子猛吸了一口，呛出了眼泪。

父亲夹烟的手有些抖，烟雾从父亲指间慢慢升腾。

终于，父亲说："走吧！我知道你的心不在这，我也知道你是放心不下我，才一直没有开口。明年你娘的祭日，记得回来给她上柱香。"

他深深地给父亲鞠了一躬，默默收拾着行囊。刚送走病故的母亲，他实在舍不得丢下孤单的父亲。可他知道，遥远的大山里，有一群孩子，他们的眼睛像天上的星星，在静静等待着他。

你能战胜自己

白天,他跟着一帮小混混一起,踢翻了一个乞丐的破碗。

在他们准备去砸一个场子的途中,一个乞丐不识时务地抱住他的腿,伸出那只破碗。乞丐倒在地上时,手里的破碗飞了出去,那碗中的零钱随风舞动,最后飘落在冰冷的街面上。他那穿着锃亮皮鞋的脚还停在空中没有收回来。

乞丐爬着去拾那些零钱,小混混们围上去,用力踢着乞丐,乞丐的眼神像钉子一样钉在他脸上,他麻木地站在那里,乞丐对着他大笑。

夜晚,黑暗包围了这座城市,他的灵魂也被黑暗包围着,亲友们无奈绝望的目光在眼前出现,像星星闪啊闪,他把头深深地埋下去……

在无数个白天黑夜交替后的一个午夜,警察包围了他们,他们正在交接一批毒品,他们都被带上了手铐。

他笑了,他想起在那个白天,乞丐塞在他鞋里的纸条,上面除了一些信息之外,最后写着:你能战胜自己。

他是一个卧底,乞丐是他的同志。

方便面时代

小萍刚一到单位,就有好事的姐妹悄悄对她说:"哎,听说了没有,老李的女儿考学了,好像周三请客,大家都说去呢。"

小萍脸色有点儿难看。心想,大家都去,那还不是看张经理的面子,谁让他老李是张经理的姐夫呢。

小萍以前在单位,不管谁有个什么事儿,都挺爽快的,可此一时彼一时啊,自从加入了房奴一族,整天就怕这些事儿,越怕啥越来啥。

回到家,小萍坐在沙发上一脸的不高兴。

丈夫说:"我家宝贝今天咋啦?谁让你不高兴了?"

小萍说:"最近怪了,不是这个结婚,就是那个生孩子的,现在考个学也大张旗鼓的。上个星期我们单位不是有个结婚的吗,我笑着脸说着祝福的话,转过脸去哭的心思都有。一下子咱俩天天吃方便面了。楼下超市的阿姨一看见我,就说,哟,又来买方便面啊,说得我都不好意思了。"

丈夫说:"你这就叫死要面子活受罪,呵,咱当初租房子,不是也挺好的嘛。"

"没出息。"小萍把一个抱枕扔向丈夫。

小萍第二天上班,敲开了张经理的办公室,说周三有个同学结婚,请一天假。张经理爽快地批准了,小萍松了口气,哼着歌出了张经理的办公室。

出来正好碰上老李,老李热情地对小萍说:"我女儿考学了,请客,到时候来……"没等老李把话说完,小萍说:"真不好意思,我刚和张经理请完假,周三我一个同学结婚,真不巧,我先祝贺你女儿啊。"

老李说:"没事儿,不矛盾,我周四才请客呢。"

小萍一听,心里大叫,哦,My God,我下个月又要吃方便面了。

失踪一星期的男人

男人觉得自己很累,觉得很累的男人想从这座城市里消失。

乡下那两间残破的土坯房,又重新升起了袅袅炊烟。男人在残破的土坯房里,没有电话,没有电脑,没有一切联系外界的工具,吃着粗茶淡饭,数着日出日落。

一个星期过去了。

男人觉得无聊了,男人想,公司业务不知怎么样了,朋友找不到自己是不是很着急,特别是那个可爱的人,她会不会发疯呢……想到这,他笑了。

男人回了城。

男人打开电脑,公司的运营一切正常,登上 QQ,除了几个群消息之外,竟没有一个朋友联系他,更没人询问他去了哪里。

男人拨了那个熟悉的号码,心竟怦怦地跳着。才一个星期,男人觉得莫名其妙。

电话通了,一个柔柔的声音:"喂,亲爱的,我在逛街呢,卡里没钱了,帮我打进一些。爱你,啵。"电话挂断了,男人还没来得及说一句话。

男人有些生气了,索性拎起包回了家。路上遇到几个朋友,他们像平时一样,说有空喝两杯。

回到家后,老婆在打麻将。他大声对老婆说:"我回来啦!"

老婆说:"回来就回来呗。"

男人终于发怒了:"我失踪了一个星期!"

老婆懒懒地说:"你不是经常失踪嘛。去陪哪个女人谁知道呢。"

这时一只哈巴狗从一个房间里窜出来,欢快地叫着,直往男人腿上扑。

男人抱起它,轻轻叹了一口气。

第三辑 带着笑的你的脸

重 游

母亲失踪了,父亲低着头抽闷烟,他说母亲一定在火车站。

我在车站找到了她,她买了回乡的火车票。我不知道母亲为什么要回乡,常听她说她是孤儿,故乡没有一个亲人。

在我的追问下,母亲说要去看一棵树。看着她头发上泛起的霜花,我含泪轻轻拥抱她,说:"妈,女儿陪你去。"

我们坐了两天火车才到母亲的故乡。

那是一棵老树。母亲围着老树转了两圈,用那双粗糙的手在树干上抚摸,然后慢慢蹲下。

母亲颤抖着手往树根下掏,我这时才看到那个隐秘的树洞。

母亲的脸由紧张变成兴奋——在掏出一堆杂物后,她掏到了一个瓶子,瓶子的口是密封的。

"这是什么?"

"一个人留下的,他说回来如果找不到我,会用这种方式向我报平安,他果然没有死……"

"他是谁?"

"当年,他们两个一起走的,后来,你爸回来说他已经死了,我等了他五年才嫁给你父亲。"

我们的沉默中,秋风不停地吹。

母亲打开瓶子,里面折叠的纸上写着一段话:我回来过,但我不是归人,我只是过客,我在那边有了家室,故地重游,只因为必须给你报

77

平安。

"闺女，我们回家，你爸还在等我们呢！"母亲的眼睛泪汪汪的。

秋风不停，母亲的脚步有些凌乱，我用同样凌乱的脚步陪她向前。身旁，落叶纷纷……

我是你的灯

他下班后匆匆吃过晚饭，吻了一下她的额头，说："亲爱的，我出去一下，朋友找我有事。"

她什么都没说，只是淡淡地微笑了一下。她知道，他是一个不会说谎的男人。几乎每天晚饭后出去，都是同一个理由。

在他关上门的瞬间，寂寞就像空气一样充斥着整个房间。她会用他不在的时间猜测他的去向。她敲打着自己麻木的双腿，脑海中无法挥去几个月前那场车祸的恐怖场面。

她的生日，他带回来一个蛋糕，上面写着：我爱你，生日快乐。她想趁机问问他，每天晚上出去都干了什么？但这句话始终没有说出口。她觉得，车祸不仅夺去了她的双腿，同时，也让她的自信跪在了地上。

他陪她吃完生日蛋糕，吻了一下她的额头，说："亲爱的，晚上朋友找我，你先睡。"她微笑着看着他离去。

门关上的瞬间，她的泪也不小心弄湿了她的脸。

她摸出手机，犹豫了半天，拨通了一个号码。

"小弟，你能帮姐，跟着你姐夫，看他晚上干什么去了吗？"

几天的时间，她像罪犯在等待宣判一样，心里慌慌的。

她终于收到了小弟的短信，瞬间大哭起来。

短信上只有几个字：我姐夫他……他在酒吧清理洗手间。

她第一次在晚上拨了他的电话："亲爱的，回来，我怕黑。"

电话里他温柔地说："别怕，我就是你的灯。"

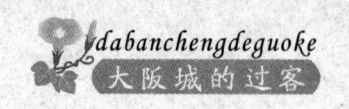

村口的老树

这几天，他常站在风雪中，盯着村口的老树发呆。

那棵老树旁，是村里的车站。

雪终于停了，他做出一个决定。他趁妻子不在家，写了张纸条放在桌子上，出门朝村口的老树走去。

他并没有走远，而是让自己的脚印消失在树下杂乱的脚印中。他从另一侧又返回来，一直看着他的家。

他看到妻子从屋里冲出来大喊："你个挨雷劈的，十年前，你留了张纸条走了，现在儿子刚上大学，你又留张纸条走了，你永远别再回来了！"喊完，一屁股坐在雪地上。

山楂树上的几只鸟，受到惊吓，拍拍翅膀飞走了。

他想起十年前，因为一件事和她大吵了一架，也是这样的雪天，他留张纸条，头也不回地走了，一走就是大半年。

他看到妻子从雪地上站起来，顺着他的脚印，走到村口的老树下，就那样静静地站着。

第二天，他依然看到妻子从屋里出来，走到老树下，静静远眺。老树下，一片寂静。

他模糊了视线。

他想起那次离家回来时，看到妻子站在老树下，他问，你在等我？妻子说，我在等车，你不回来我和儿子一样过得很好。

他曾失落了很久。

孤单的老树，瘦弱的妻子，还有那间简陋的小屋，此时在他眼里定格成一幅画。

　　胸口又一闷，他急忙用手捂住嘴，摊开掌心，又是一片殷红。

　　是该走了，请原谅我。

　　他转身，向老树相反的山林中走去。

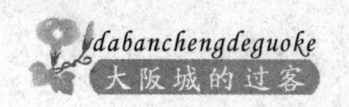

花开的声音

又走进这个小院，小院的花开得正浓。

我推门进屋，她正拿着毛笔，在纸上挥舞着，纸上并未有任何墨迹。我咳嗽一声。

她发现我，开心地说："强子，你回来了？"

我没说话，走过去，拿过她手里的毛笔，调匀墨，在纸上写着：百年修得同船渡，千年修得共枕眠。

她静静地看着，在一边轻轻地吹着未干的墨迹，很小心的样子。我围着写好的字左看右看，然后摇头。我凝视片刻，把那张纸拿起来，揉成一团，投进了桌边的垃圾桶。

她惊讶地看着我，说："为什么扔啦？"

我说："写得不好。"

她急忙走过去，把那团纸从垃圾桶里捡出来，小心地展开，用手轻轻按压。我忙把视线转向别处，发现她的母亲站在窗外，一直看着我。

我走出去拥抱她，我的班主任老师。我们一起看着房间里的她，她一直在抚摸着那张被我揉皱的纸。

"她会好的，您看，她还记得和强子之间的事。"我轻轻说。

"强子说出国会赚很多钱，回来就可以和她结婚了。谁能想到呢……"老师看着我，眼里噙着泪。她突然想起什么，迟疑地问："你女朋友怎么没跟你回来呢？"

"我没有女朋友。"我说。

老师愣了，说："当初你走后，写信和强子说你有女朋友了。"

第三辑 带着笑的你的脸

　　我忍住到嘴边的话，看着房间里的她，清秀的脸上挂着微笑。让我想起小时候，和强子，我们三个在这小院里捉迷藏，我和强子偷偷跑出去玩，回来时，看到她还蹲在花丛下微笑，我们笑她傻，她说她在听花开的声音。

　　"我会一直照顾她。"我说。

守 望

A城对于他来说，有着极强的吸引力。他发誓，一定要住进A城。一个机遇，他终于发了。发了财的他回到农村老家，引来无数姑娘的爱慕。"我要去A城买房。"他坚定地说。"去哪买房我和你爹都不管，但你必须答应和小翠结婚。三十多岁的人了，你不急我们还急呢！"他的娘又开始数落起来。小翠一直喜欢他，她一直不结婚，二十七八了，在农村已经是老姑娘了。他沉默了许久，一咬牙，从嘴里挤出两个字："我娶。"他在A城买房，不买新房偏买二手房，买二手房不买人家正在卖的，偏要买人家没打算卖的。也就是说，他一进A城，就直奔阳光家园一栋五楼502，这让小翠摸不着头脑。他用高价买了那套房，住在502的夫妇惊喜地拿着钱搬了家。他站在那套房子里，吸着烟，看着窗外的风景。"你为什么要高价买这套房子？"小翠终于憋不住了。他转过身子，盯着小翠，慢慢地把手伸到小翠的面前，一字一句地说："五年前我在这栋楼里做木工，我这右手的食指就是在这间房里丢掉的。"小翠盯着他右手食指的截断处，泪涌了出来。他转过身去，依然看着窗外，他没告诉小翠另一个原因，五年前，他来A城打工，是因为他的初恋情人嫁到了A城，就住在对面的新湖小区。

妻子的愿望

她死了。心脏部位插着一把匕首。

法医说，没什么疑问，属于自杀。

他不信，他发疯似地喊，这里面一定有问题。

在他的印象中，妻子是一个善良、温柔的女人，之前没有任何反常行为，怎么会突然自杀呢，打死他都不相信。他下决心一定找出真正的原因。

他第一次翻看了妻子的私人物品，这之前，他从来没有翻看过，虽然妻子的抽屉从没有上过锁。他觉得给对方自由的空间是一种信任与尊重。

抽屉里除了一些妻子平日喜欢的小饰物、小收藏之外，并没有什么特别的东西。他看到了几张粉色的卡片，他记得那是妻子每个生日时，在上面许下的愿望。如今妻子不在了，他想知道妻子曾经的愿望都是什么。

26岁愿望：希望我爱的老公，手指快些好起来。

他记起，那年她生日前，他给她削水果时，手指被锋利的刀划了一条深深的口子。

27岁愿望：希望老公永远爱我。

28岁愿望：希望老公永远爱我。

……

他一边翻看着，一边喃喃地说：我爱你。

34岁愿望：希望老公别再那么爱我！或者有一次艳遇吧。

35岁愿望：希望老公别再对我那么好！或者狠狠打我一顿吧。

36岁愿望：请给我一把穿越时空的匕首。让我回到三年前，在遇到那个让我一时情迷的男人之前，把匕首狠狠地插入我的心脏。

他愣住了，一行清泪滑了下来。

浪漫之约

红妹失踪了，我一直在找她。

红妹是我的爱人，那天我们在森林里相互追逐，跑累了，我们就躺着看从树冠的缝隙中射下来的阳光，一朵一朵的，很美。

红妹偎在我身旁，她出神地望着我说：这样和你慢慢到老，多浪漫，多好！幸福，就在我心中升腾，一分钟、十分钟、二十分钟……之后，我们美美地睡着了。

睁开眼睛，我发现红妹比我先醒了，她望着远处山坡上一抹艳丽的红。我想那应该是很美的花，我决定采回来送给红妹。

我跑向那个山坡。

当我像舞场里的绅士那样嘴里叼着花回来时，红妹不见了。我焦急地在森林里寻找，直到现在依然没有找到她。

森林下面是一个度假村，春夏秋冬，很多人开着小车来度假，看着那些成双成对的情侣，我深深地思念我的红妹。

时光在我的思念中变得破碎不堪，直到有一天，我突然看到红妹的影子在丛林中一闪。我欣喜若狂地奔过去，近了，近了——

原来是一个娇小的女人，她挽着男人的胳膊，对男人撒娇说："你送我的这件皮草别人都说好漂亮！"

我看到我的红妹在女人衣服的背部，那道特别的红毛我死都认得。

"这样和你慢慢到老，多浪漫，多好！"红妹曾经的话让我发出一阵哀嚎。

男人兴奋地回头，眼里闪出异样的光。

我用尽全身力气向女人扑过去，我的喉咙一阵刺痛，这时我才看清男人手里黑洞洞的枪口。

第三辑 带着笑的你的脸

十 年

她与他来自不同的大学，却在同一家公司工作。

她温柔可爱，他幽默潇洒，爱情的种子渐渐在彼此心里发了芽。她希望他能打破这份沉默。他希望她能暗示一些什么。

她终于拿出自己大学时和一个男生的合影，放在办公桌上。她想，如果他真的爱我，他一定会有所反应，甚至询问。他找她出去吃饭，无意中发现了桌子上的合影，他想，原来她并不爱我，是我的一厢情愿，她是以这种方式暗示我。

他们对视着。

她期待，他失落。她微笑，他也微笑。

他们后来都纷纷调离了那家公司。

阳光轻抚着金色的沙滩，海浪轻柔地拍打着海岸。她与他不期而遇，一晃十年。

她问："你还好吗？"

他不答，却反问："你和他还好吗？"

她说："谁啊？"

他说："当年你桌上与你合影的男朋友啊。"

她说："不，他只是我的同学。"

他默默地注视着她，良久，然后轻轻转身。

他们至今谁都没有结婚。

雨一直下

行道树、人流、斑马线，是每天下班走出公司，流入她眼里的情景。而今天，下起了大雨。

地上开满水花，她不敢踏着水花向前。

在公司门口站了很久，雨没有停的意思，她的轻叹，跌落在雨花里。望着街对面那片小区，她的新家安静地伫立。

雨一直下。

她看到从那片小区走出一个男人，碎蓝花雨伞遮住了男人的脸，他正在过斑马线。

多么熟悉的碎蓝花雨伞啊，她欣喜地迎上去，男人却从她身边径直走过去。她回头看着男人的背影，笑容僵在脸上，喃喃道：不是他……

她浑身湿透，长发贴在脸上，冰凉冰凉的。转身向前走，猛地听到刺耳的急刹车声，她便倒了下去。

醒来时，她发现自己躺在医院里，他坐在床边的椅子上。

"你醒了。"他说。

"我们还回那套老房子住，行吗？"她期盼地看着他。

"就因为老房子离你们公司远，才买的这套。这样我就不用总去接你了，你别孩子气行吗？"他皱起眉头。

泪水在她的眼里打转，她什么也没说。她想起，以前下着大雨，他撑着碎蓝花雨伞，搂着她的腰，把她呵护在伞下。走回老房子，她的衣服干干的，他却湿了肩膀。

"走过那条街，就是我们的家。"他俯下身子轻声说。

第三辑 带着笑的你的脸

"可那条街，离家……很远！"

他不解地看她。她没有再说话，把头转向窗外。

窗外——

雨一直下。

那个叫寒梅的女人

"寒梅……"他躺在床上,闭着眼睛,眉头轻锁,低声呻吟着。

护士边配药边说:"他这是还处在昏迷阶段呢。"

泪顺着她的脸流下来。她后悔了,不该骗他出来,他才出了意外。

"别离开我,寒梅……"他反复呻吟着。

她握着他的手,无力地说:"我求你别离开我!"声音小得只能自己听到。

她用毛巾帮他擦脸洗手,喂他流质食物,牛奶、蔬菜粥、果汁,花心思变换花样。用勺子一小口一小口地喂,像照顾个婴儿。每次喂完,她都握着他的手,轻轻地一个人说着话,偶尔傻笑,偶尔默默流泪。

护士们都说,他真幸福!她也经常会听到有人小声说,看!她就是那个叫寒梅的女人,多恩爱的一对啊!

"寒梅,别离开我……"她又一次听到他的呼唤,他呼唤的同时抓着她的手一直不放开,眼角滚出了一滴泪。

她久久地看着他,最后把手从他的大手里抽出来,轻轻吻了吻他的额头,走出病房,头也没回。

她递给护士一张名片说:"请让这个人来医院照顾他吧。"

护士接过名片,看了一下,吃惊地说:"寒梅?"

她轻轻点点头。

"那你又是谁?"护士问。

"我……我是一个绑架爱情的女人。"说完,她转身离开。走了两步又站住,她转过头说:"他会想我吗?"

护士张着嘴,茫然地摇摇头,马上又点点头。

画 像

他从不对外人提起自己的工作单位。

他还是一位画师,专为别人画像,画得很传神。他介绍自己时就说自己是一位业余画师。

休息日,他在公园一角摆好画摊。

有个女人走过来,温柔地说:"可以给我画张像吗?"

"请您坐好。"他示意女人坐下。面前的女人柔弱得让他有种感觉,像红楼梦里的林黛玉,只不过她脸上有斑痕。

"您能把我画得美一些吗?"她有些不好意思。

他还是第一次听到这样的要求,一般人都会要求他画得像一点。

他有自己的职业道德,他不允许自己的笔偏离真实。

他只对女人笑了笑。

一小时后,女人似乎很疲倦。他的画也完成了,像极了。

女人慢慢抚摸着画像说:"很像,可您能把我画得再美一些吗?"

他摇摇头说:"不能。"

女人略显得有点遗憾,不过看得出她还是很佩服他的画功。付过钱,离开了。

半月后的一天,他像往常一样,来到自己的工作单位,在大厅有哭哭啼啼的人们,耳边传来哀乐声。对于这一切,他熟悉得麻木与冷漠。只是让他觉得意外的是,他画的画像竟然挂在大厅的墙壁上。而那水晶棺中躺着的竟然是那天要求他画得美一些的那个女人。

悼文中,他得知女人竟然是前两天报纸上提的那个救落水儿童的癌症病人。

他默默地拿来画板。是的,我可以把你画得再美一些。

约　定

迫不及待地推开这扇木板门，我看到了他。

我流着泪向他扑过去，他却匆忙闪开了，他的眼神充满了漠然，我的心一沉。他身前的这个女人，近四十岁的样子，却显得很苍老。她直视着我，目光中有恐惧、哀怨，还有乞求。

我急忙把目光转向她后面的墙，墙上的照片，他站在女人身旁，笑得那样灿烂，我的心痛了。

我环视房间里的人，他们都阴沉着脸，这些对我来说陌生的人，都和他有关？我努力地让自己镇定下来，对女人说："咱们能单独谈谈吗？"

其他人默默离开了。

房间里只剩下我们两个女人。女人乞求地看着我，突然跪在我的面前。我听到我的心彻底碎裂的声音。我用力拉起她，我们就这样看着对方，泪肆意流淌。

许久，我说："张警官他们都在门外，没有进来，这次本来是要强行将他带走的。现在，我暂时可以不这样做，请你好好爱他。"

女人愣了一下，她紧紧地抱住我说："大妹子，八年了，我当初不该从人贩子手里买下他啊，我对不起你。我答应你，他想什么时候回去就什么时候回去。"

我流着泪说："他现在有两个母亲，这是我们的约定。"

第三辑 带着笑的你的脸

彩色的翅膀

4月20日。男人和女人终于有了笑容，李医生到病房来，激动地说：那个年少的病人填了志愿，如果死亡，愿意捐献多种器官，包括肾脏。男人说："太好了！"女人哭了："这样，我们家宁宁有希望吗？"李医生、男人和女人说这话的时候，宁宁正在解救一只在蜘蛛网上挣扎的蝴蝶。把蝴蝶救下来，她轻轻扬手，笑了："蝶舞天涯。"4月25日。李医生过来说："他度过危险期了。"女人就哭："这样，我们家宁宁怕是没有希望了！"5月1日。男人冲进病房说："他又被送进抢救室了。"女人尽量压抑着情绪，但声音还是有些抖："真的？"男人点点头，说："他的家人都围在那哭。"5月2日。男人一脸疲惫，说："他又从抢救室里出来了。"女人控制不住情绪了，发疯似的叫了一声："天啊！"5月12日。李医生说：那个病人没有救了，你们准备一下。男人和女人的笑容一点点展开，突然却僵住了，医院大楼在摇晃，有人尖叫：地震了！大楼上的人们一跑而光。宁宁和父母，还有那个年少的病人和他的双亲伫立在医院大楼的窗户前，眺望着医院花池里那些慌乱飞舞的蝴蝶——它们张着彩色的翅膀，朝天的那一方飞去……

合 作

这两天公司生意不顺，张总把身子陷在老板椅中，一边吸着烟一边看着办公桌上算命的写给他的字条发呆。

张总不是迷信的人，可自从第一次心烦路过公司对面那条街，由于好奇，就和街边算命的聊了几句。后来又去时，算命的就在纸上给他写了四个字，因为那四个字，让他找到了证据，剥夺了老婆做张总夫人的权利。从那以后他不顺了就找算命的聊几句，也挺灵验。

他默默地念叨着"镇山之虎"四个字，百思不得其解。

这时秘书敲门进来说："张总，前几天被你辞退的保安部经理想取回放在您这的档案。"张总翻出了保安部经理的档案，他看到名字一栏填的是"陈山虎"三个字时，愣住了。这虎字写得刚劲有力。

他略一思索，对秘书说："把他请进来。"

一个高大的小伙子走了进来。

张总仔细地打量了一下他，说："我决定不辞退你了。"

"可是……有家公司要聘用我，工资是您这的双倍，我是来取档案的。"

张总果断地说："我可以给你和那家公司一样的待遇。"

小伙子走出了张总办公室。

在一条胡同里，一个高大的小伙子把一个红包塞进了一个老头的手里。

老头说："我帮了你这么大的忙，多给一些吧！"

小伙子说："别忘了以前我提供给你的信息，也让你从中捞到了不少好处吧！"

说完扬长而去。

邻居的耳朵

邻居张小小最近老站在走廊上，把手放在耳边做倾听状。我很好奇。

那天，张小小又在走廊上做着倾听状，看风景的我在这边看他。突然发现我，张小小有些尴尬："你有没有听到些什么？"我仔细听了一下，摇摇头。他转身就走，走的时候像是对我说，又像是自言自语："哦，你怎么会没听到……"

张小小听到什么了呢？我琢磨得头脑发胀，我把这件事告诉了妻子。妻子笑着说，估计他的耳朵有特异功能。

"特异功能？"

老婆低声说："我们以后更要小声点。"

张小小的耳朵有特异功能？我很担心。不知道从何时起，我开始学他在走廊上做倾听状。张小小发现后就不高兴了，说："你干嘛呢？"

我忙说："没干什么。"然后又问："你听到什么？"

他盯着我看了半天，反问我："你听到些什么？"

我说："我听到了……"

张小小紧张地看着我。

我咳嗽一下，一本正经地说："我听到了这个城市的喧闹。"

他愣愣地看着我，说："我听到的，和你的不一样！"

有什么不一样，张小小却不告诉我。和我听到的不一样，也许真是特异功能……我很担心，一段时间下来，我精神近乎崩溃。于是，我硬拉张小小过来喝酒，想请他高抬贵耳，不要把我家里的事情听了去。

张小小喝醉了，趴在桌子上，捂着耳朵说："娘，别再叫我了，儿子

没用啊……"

我和妻子愣住了。

"老家……房子淹了，娘从乡下来，我那母老虎让她去敬老院了。我怕你们知道……"

张小小放声大哭。

我放心了，张小小的耳朵没有特异功能。

为人之道

平时风光的刘军，因犯错误，被撤了职。

他心里无法平衡，总觉得周围都是讥笑的眼睛。在他看来，别人喊他老刘，都觉得刺耳。整天在家喝闷酒，老婆也不敢劝，说点什么平常话，他都觉得是在挖苦他。

走在街上，遇到单位以前的下属，大多都装着没看见他这个大活人似的从身边走过去了。更奇怪的是，和别人下棋，以前觉得棋艺挺不错的，现在也总是输，有时败得很惨。

处处不顺，这让他很怀念以前当领导的日子，不禁感叹人走茶凉。整天把自己灌得大醉。

他的一个老朋友来看他，两个人喝着酒，聊着天。

刘军对朋友说："我现在是看透了，我就像一只猴子，以前我爬在树的上面，往下一看，看到很多往上爬的猴子们的笑脸，如今我从树上摔了下来，我爬起来往树上看，看到的都是猴子的屁股。人啊，混到我这个分上，活着也没啥意思了。"

朋友看了他一眼，喝了一口酒，对他说："你还记不记得咱以前的老书记，他退了之后，家里依然常有人去看他，你知道为啥？"

刘军的目光定在一处，若有所思地说："老书记那个人啊，真不错！"

朋友说："是啊，人活在世上，不就是留个好名嘛，在人之上时，要视别人为人，在人之下时，要视自己为人！你好好想想吧，我的老朋友！"

那天，刘军醉得一塌糊涂。

抢　劫

　　一辆客车行驶到偏僻地段，有个高大的男人招手拦车。司机把车停下，男人上了车。

　　上了车的男人并不急着买票，他环视了一周后，突然从怀里掏出了一把匕首，对着车内的乘客喊："不许动，都把钱拿出来！"

　　车内一阵慌乱，人们不知所措。

　　男人凶恶地威胁说："谁都不许动，不许叫，否则我先捅了他！"

　　车内静了下来。一个抱孩子的妇女吓得把身上的钱包掏出来交给男人。

　　这时，从车后排座位上慢慢走出一位老妇人，她走到男人面前，抬起手给了男人一耳光，目光像男人手里的利器一样让人不寒而栗。

　　人们不知道老妇人要做什么，都屏住了呼吸。

　　男人接钱的手仿佛像被武林高人点了穴一样，停在了那里。

　　老妇人声色俱厉地说："你爸要是知道你这样为他筹医药费，他宁愿死也不会接受！我怎么养了你这么个傻儿子啊！"说完，把男人手里的钱包还给了抱孩子的妇女。深深地给大家鞠了一躬，泪水顺着布满皱纹的脸颊流了下来。

　　男人站在一边，手足无措，极尴尬的样子。

　　车内一片哗然……

　　抱孩子的妇女，把失而复得的钱包又塞到了老人手里，一些乘客也纷纷把钱塞到她的手里。老妇人感动得连说着"谢谢，谢谢大家……"

　　车行驶到一站，男人搀扶着老妇人下了车。

　　老妇人对男人说："明天去光明街35路车吧！"

我的宝贝

我得了一种叫嗜睡症的怪病，每天大部分的时间都是在梦里度过的。

我女儿丽莎今年五岁了，长得像天使般可爱。空闲时我喜欢给她扎羊角辫，喜欢给她穿花裙子，喜欢带着她去游乐场玩耍。

我总是那样忙，忙得忘记了自己的年龄，忙得没有时间照镜子，忘记了自己的长相，这一切怎么想都想不起来。

但我记得丽莎喜欢吃苹果，喜欢让我用刀把苹果横着切，这样就可以看到苹果里面有一个五角星，她说那是天上的星星偷偷藏在了苹果里，星星在和它妈妈捉迷藏呢。晚上我会拉着她的小手坐在星光下，给她讲数星星的孩子的故事。

"妈妈，妈妈……"

听，我的宝贝又在叫我啦。

"宝贝，什么事？"

"我的皮球又掉进外面的池塘里啦！"

"别急宝贝，妈妈这就去帮你捞出来。"

我走出房间，看到她的皮球浮在水面上，越漂越远。

我喊她的名字，她没回答我。这个小调皮鬼，一定又在学星星和我捉迷藏呢！我到处找她，边找边说："宝贝，出来吧，我都看到你啦！"

这时，一阵急促的电话铃响起，我摸遍全身也找不到我的电话放哪里了，那铃声还是不知疲倦的响着。一急，我突然醒了。拿起枕边正响着的电话，是丽莎爸爸打来的。

"亲爱的，你又睡着了吧，今天是丽莎的祭日，带上苹果，我们一起去看她吧！"

大阪城的过客

张一瓣喜欢大阪城。每次出差从大阪城回来，他都会说那一句话：回顾所来径，苍苍横翠微。同事们就羡慕不已。

大阪城有许多让人喜欢的土特产和雕刻，但大阪城的人很排外，只要听对方说话不是本地人，就雁过拔毛，绝不放过。去过大阪城的同事深有体会。奇怪的是，张一瓣不同，张一瓣买的东西都要比同事们便宜很多很多。同事们说，张一瓣在大阪城一定有亲戚。张一瓣发誓没有，同事们就更加好奇。

一个同事请张一瓣喝酒，张一瓣答应他再出差时带上他。

同事跟张一瓣去了大阪城，同事说想买一些土特产。张一瓣说，没问题。同事说，你和卖土特产的特别熟悉吧？张一瓣说，买与卖，熟悉的更不好办事。

张一瓣进了一家从未去过的土特产店，进店前叮嘱同事不要乱说话。

店主看有人进来，热情地招呼，积极地介绍产品。张一瓣听着，面无表情，并不回话。等店主问需要些什么时，张一瓣掏出手机，按了一会后，递给店主。店主疑惑地接过手机看了一下，笑着抬头说了一个价格。张一瓣点点头。

同事惊讶，这个价格比别的同事买的要少花一半的钱。

从店里出来，同事一个劲儿称赞张一瓣厉害，并软磨硬泡，想知道张一瓣给店主看的是什么。

张一瓣笑笑，掏出手机递给同事。

同事一看，上面写着：嗓子做了手术，暂时不能说话，手机打字累人，你别浪费彼此的时间，给个最低价。

老　顺

"老顺叔好！"一群上学的孩子笑着从他身边跑过。

"哦，好好！"他自顾自地回答，也不管跑远了的孩子们听到了没有。

"老顺啊，今天用不用我们帮你顺便带回来点啥东西啦？"几个妇女笑着问他。

"哦，不用了，今天我要去县城。"

他边走边哼着歌，看到自己家邻田的女人在挖渠放水。他停下脚步喊道："他二婶，顺便帮我家田里也放些水。"

"知道了，他老顺叔。"女人答道。

他原本姓张，名东亮。"老顺"这雅号是村人送他的，他也不介意。

他看到本村老李开着农用车从这里路过，急忙向老李招手说："你去哪里啊？"老李说："去县城拉点饲料。"他心里一乐，说："正好我也去，你顺便带我一程。"

坐在农用车上，他心里盘算着到了县城，也就快中午了，先去看看老赵，顺便在他家吃午饭。

突然他感觉一阵颠簸，农用车不知怎么了，一个急转弯，翻了。

他被甩在一边，右手受伤了。开车的老李没啥事。他刚从地上爬起来，就看到远处有两个医生模样的人，提着一个带十字的医药箱朝这边走来。等两个人要走近时，他刚想说什么，突然认出这两个人是前村的兽医。

他张了张嘴，把刚到嘴边的话又咽了回去。

礼品盒

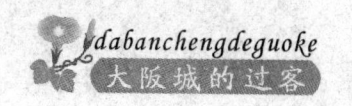

大鹏做生意又赔了。

朋友说他："你小子不能总是凭自己的经验判断事情，还要细心，小心驶得万年船嘛！"大鹏总是把朋友的话当耳边风。朋友也就不再说什么了。

一天，朋友带着一只精美的礼品盒来看他。大鹏打开盒子，一看是酒，就弄了两个小菜，两个人对着喝了起来。

后来每次朋友有空过来，都会提一只同样的礼品盒，大鹏也习惯了，每次两个人都开心地边喝边聊。

一天下午，朋友又过来了，把礼品盒一放，说："我出差顺便过来看一下你，你忙吧，我走啦。"

大鹏一个人很少喝酒。就把礼品盒放起来，他想过两天岳父生日时再喝。

转眼，岳父生日到了，大鹏拿出朋友带来的礼品盒对岳父说："这可是好酒啊，咱们好好喝一杯！"大鹏把盒子打开后，所有人都愣住了，原来是一盒糕点。

上面有张字条，是朋友写的：就知道你小子又当成是酒了吧，哈哈，记住，盒子没打开之前，你永远也不知道里面装了些什么！做生意也一样，别总靠你那点破经验和习惯。

大鹏嘴角微微动了两下……

第四辑

开着花的你的梦

证 书

张老师看着台上的李老师从校长手里接过大红的荣誉证书，心里既羡慕又不是滋味。在这次全省教育论文答辩中，李老师又荣获二等奖。

全校师生都把掌声送给了李老师，虽然她只是刚毕业几年的大学生。

看着学生们看李老师那敬佩的眼神，张老师突然觉得脸热热的。

又听到了一阵掌声响起，她也跟着机械地鼓着掌。她想，自己教书二十年了，只能怪自己的学历没有现在的年轻老师高，现在教育系统不是这理论，就是那评定的，唉……

回到家里，同在一个学校上高二的儿子为妈妈倒了一杯茶。张老师欣慰地接过茶，拍拍儿子的头。

儿子拉着妈妈坐下，依偎在妈妈身边说："妈，您是不是很羡慕李老师啊？"

她看看儿子，轻轻地点了一下头，又轻轻地叹了口气。

儿子撒娇地说："您其实有很多证书，您不知道吧？"

"我？很多？"她疑惑地看着儿子。

"是啊，很多，只是您的证书没有放在——家里。"儿子故意拉长了声音。他看到妈妈睁大了眼睛，忍不住笑了，接着说："您的证书都活跃在各名牌大学的校园里呢！"

张老师听完儿子的话，眼睛亮了一下。

儿子把头靠在她的肩头，坚定地说："您放心，将来，我也会是您的另一本证书。"

张老师摸着儿子的头，心渐渐地亮了……

一只死蚂蚁

一头猪踩死了一只蚂蚁。

其他蚂蚁把他抬回蚁洞。

死蚂蚁的至亲要求把他葬入祖坟地。蚁王端着至高无上的蚁威让大家讨论。

甲蚁站起来说:"不行,他非正常死亡。"

乙蚁抢着说:"对,被人踩死的还行,被一头猪踩死有损蚁族尊严。"

多数蚂蚁都点头。

蚁王觉得大家公认的就是对的,他可不想被祖宗骂。

一阵大风吹过。

丙蚁刚要站起来,不知谁喊了一声:"死兄弟不见了!"

到处找没有找到,蚁群有哭声传来。

蚁王端着至高无上的蚁威让大家讨论。

甲蚁说:"蚁兄怎么会当着我们尊敬的蚁王的面失踪呢,这是挑战蚁族的智慧啊!"

乙蚁说:"没错,不能让异族看我们的笑话!"

"对!"大家附和着。

乙蚁扭着细细的腰接着说:"刚才刮风的时候,一定有敌人进来,把蚁兄拖走了。"

有的蚂蚁开始点头。

丙蚁急忙站起来喊:"那位蚁兄应该受到大家的尊敬!"大家疑惑地把目光投向他。

丙蚁故意拖延时间环视了一下蚁群说："没有那位蚁兄,填饱敌人肚皮的就是我们中的一位,甚至是我们尊敬的蚁王。"

蚁群沸腾了。

蚁王端着至高无上的王威也着实吓出了一身冷汗。

谁又喊了一句："应该授予他保卫家族的荣誉!"

死蚂蚁被刻在了蚁族史的荣誉榜上。

此时,被大风刮跑的死蚂蚁已经在一个角落里风干了。

秘 密

他，一袭白衣，骑着一匹白马，飞速地在这片竹林中穿行。

突然一团黑影从眼前一闪，"嗖"一枚暗器带着劲风向他的要害射来。他运用真气，从马上腾空而起，以他的功力要躲避一枚暗器不成问题。可这枚暗器像长了眼睛一样，跟着他上下翻飞，他心下一惊，暗道不妙。

"噗"暗器深深地钉在他的右腿上。右腿被暗器所伤部位已经发黑，且奇痒。他心一凉，叫道"我命休矣！"这暗器上的毒药就是江湖上传说的绝命霜，尚无解药。

眼前站立的陌生黑衣人，仙风道骨，面无表情。

"师父，为什么这样？"他封住穴道后，缓缓地开口说话。

黑衣人并不觉得惊讶，从脸上撕下一张人皮面具。一滴清泪已挂在眼角。

"师父，徒弟从小跟您长大，武功除了您之外，已经少有敌手。如今，您的一个眼神，我就会意，已然是您的心腹，让您痛下杀手，一定有原因。"

黑衣人一声长叹："徒儿，你错就错在悟性太高，错就错在太知我心。在一个人面前做个透明人很可怕。"

"可我一直……一直把您当成我的父亲。"他艰难地说。

"哎……我就是当年杀你全家，而你又一直苦苦寻找的那个神秘人。这是你唯一还不知道的秘密。"黑衣人说完，一闪，已无踪迹。

"我想过要杀你，可我下不了手……"这美丽的竹林，定格在他的瞳孔中。

棋　艺

他酷爱下棋，因为钻研棋艺，耽搁了生意。妻子每次劝说，他总是说："妇道人家，懂得什么？"妻子只好摇摇头，无奈地打理生意去了。

一天天过去，渐渐地，周围的人已无人能赢得了他。他得意的同时又觉得淡淡的失落，他突发奇想，写了一块牌子"求败"去街角摆棋阵了。

每天兴冲冲出门，回来时，总是提不起精神，不禁感叹高人难求。

一天，他正在街角摆棋阵，有一蒙面女人坐在他对面，伸手做了一个请的动作。

他看看女人，犹豫着不肯动。心里想，和一个女人下棋有失身份，赢了也不光彩。

蒙面女人并不说话，但却坚持。他碍于围观的人只好举棋。

几个回合下来，他的头上已有密密的汗珠。最后女人一招制胜。女人起身，欲离去。他马上站起来说："能否一见真容？"女人始终不说话，停了一下，从腰间拿出一块玉递给她便转身离开。

他仔细地看着那块玉，恍然大悟，急忙跑回家。

他拉着妻子问："刚才是你和我下棋？这块玉我认得。"

妻子并没有正面回答他，只淡淡地说："我父亲是棋艺高手，从小受父教诲，但父亲死于棋，我便发誓不再碰棋。这事，一直未与你提起过，只因你迷恋棋艺，不管生计，我只能如此。"

他说："每天到外面寻找高人，而高人就在身边却不知啊。"

从此，他专心打理生意，生意越做越好。

失 眠

在村东头的河上，有一座木桥因年久失修，木板已经有些残缺。但因为习惯，村里人依然从桥上走来走去。王二就住在离河不远处，他用建房剩下的木板把桥铺好。村里人很高兴，都夸王二是个好人。王二得意了好几天。

可是得意了几天的王二如今高兴不起来了，有个孩子从桥上掉到河里摔伤了腿，孩子的父母来找王二赔偿医药费，说是因为王二铺的一块木板不稳，孩子才失足的。王二知道从法律上，他们这理也说不过去；但邻里邻居的，低头不见抬头见，一咬牙，赔了医药费。

王二躺在家里心里憋得难受，可又无处发泄，他失眠了。老婆把饭端上来，又原封不动地端下去。也只能跟着发愁。为啥？担心再有这样的事儿发生。一天下午，王二猛吸了几根烟后，拿上工具把铺上去的木板又拆了下来，让桥恢复了原貌。他晚上美美地睡了个好觉。第二天，王二发现村里人对他都很冷淡，有的还在背后说着什么。王二又失眠了……

细 节

李总在实习的员工中，选了两位，下发了辞退通知。

两位实习员工觉得委屈，自己辛苦了一个月，就这么不明不白被辞退了，心有不甘，就敲响了李总办公室的门。

李总请他们坐下，让秘书小姐给他们倒了水，两人显得有些不安。还没等他们开口，李总说："我知道你们会来找我，也知道你们不甘心被辞退，想知道原因吗？"

两个人点点头。

李总从抽屉里拿出他们当月工作的资料，分别递到他们手上。

李总对其中一个员工说："你的工作太细致，计划、合同都想到无关紧要的小节，没有主次之分，因而浪费了宝贵的时间，错失很多与对方合作的机会，要知道很多谈判方并不喜欢这样。"

接着，又对另外一个员工说："我很遗憾，你太不注重细节，你的报表中由于你的大意出现了几处错误，让我们公司受了损失。可你似乎直到现在都没有发现。"

两人面面相觑。

李总看着他们，口气变得和蔼了许多，对他们说："年轻人，你们刚踏入社会，还有很多东西需要去学习。最后送给你们一句话，细节是这样一种东西，轻视它必要接受惩罚，过分重视它又干不了大事。祝你们好运！"

说完李总伸手与他们告别。

第四辑 开着花的你的梦

竹海人家

大丁像个将军，指着地图说："下一站去木坑竹海，那里据说是藏龙卧虎的拍摄地。"

我们沿路而上，周围一片翠绿。

远处，十几间房屋坐落在竹海中。房屋就山势而盖，灰色屋顶，白色外墙，下面是几块梯田，一幅水墨画。

我欢呼说："大丁，我老了就选择这样的地方生活！"

当我们走近一户人家，发现门前的铁丝上，晾着褪色的床单，上面竟然还有大大小小的破洞。房屋一侧，散落着游人丢弃的矿泉水瓶、零食的包装袋。

大丁正用相机捕捉这一切。

这时，一个女孩从梯田小路走上来，一把扯下床单，进屋后，房门被重重地关上。

屋里传来女孩尖利的声音："爸，都和你说过了，别把床单晒在外面！"

一个男人的声音："闺女，你刚回来，要习惯这种生活。"

"我习惯不了，我不想像笼子里的动物一样被人参观！"门开了，女孩提着包，顺着小路走下去，头也没回。

一个五十多岁的男人出来，对我们视而不见，他望着女孩的背影叹了口气，点燃一支烟，目光看着远方。

"大哥，这片竹林真美。"大丁说。

男人看了我们一眼，没说话。

"刚才走的是你女儿？"大丁明知故问。

男人说："唉，她在这片竹海中长大，那时的竹海，是她天然的乐园，现在被围起来。这两年开发景区，游人很多，我们这十几户也成了旅游点之一，叫竹海人家。她自由惯了，不喜欢被打扰。"

我始终没有说话，望着远处似乎要延伸到天边的竹海，我不知道竹海的那边还有没有人家。

谁动了老满的相机

老满一万多块钱的相机丢了,这在小村里可不是件小事儿。

是谁偷了老满的相机呢?那可是他的宝贝。村里人正低声议论时,来了两个警察。

老满的脸猪肝似的,对一个警察说:"表弟,你今天一定得把相机给我找回来!要让我知道是谁偷的,看我怎么收拾他!"

正在这时,有人喊了一声:"看,傻老二脖子上挂的不是相机嘛!"

大家都向那人手指的方向看去,只见一个男人晃着脑袋向这边走来,脖子上挂的正是老满丢的相机。边走边说:"照相。"

老满的相机找回来了,大家都说,原来让傻老二拿去了,老满别跟傻子一般计较。大家就都散去了。

晚上,没睡着的村人听到傻老二家传来阵阵哀嚎,凄惨的哀嚎打破了小村夜晚的宁静。每次傻老二犯了错误,村人都会听到这样的哀嚎。可这次不一样,天刚亮,傻老二就被送进了镇医院,大家都摇头说,唉,傻老二的爹这次下手也太狠了,他毕竟只是一个傻子啊。

傻老二出院后,别人拿他开心:"傻老二,你还照不照相啦?"

傻老二就直摆手。

后来,有人发现,老满的邻居宣武,自从傻老二出院后,对傻老二特别好。

细心的村人找宣武喝酒,宣武终于喝醉了。宣武趴在桌子上说:"我对不起傻老二。是我把老满的相机拿回家藏起来了,就想让他着急,谁让他平时总欺负我呢……没想到,他报警了,我……我怕我真成了小偷,往外转移相机的时候,被傻老二撞上了,我就顺势把相机挂在了傻老二的脖子上……"

萌动的绿

刘跟顺的残疾，是因为我。刘跟顺那时正在穿马路，我一脚刹车没踩住，就把他给撞倒了。车祸发生后，我几乎倾家荡产，因为我开的轿车，是向朋友借的，我没有驾驶执照，一切，都得我负责。虽然我几乎倾家荡产了，我老公还因为这事跟我离了婚，但是我是很感激刘跟顺的，因为——法院最后判我赔偿刘跟顺15万元，他只要了我3万元。刘跟顺回老家时是春天，我送他，他给我留了联系电话。在车站，我和他拥抱，他说，多联系，这3万元，等我有能力了，我给你送回来，我知道，你也不容易……我的眼睛里瞬间有了泪雾。刘跟顺回去后不久，给我打了电话，他说他用那3万元买了幼牛羊养。从此，我不仅关心他，还关心他的牛羊。老天有眼，刘跟顺的牛羊成长得很好，他常在夜里，和我讲那些可爱的小牛小羊，他说，到了年底，全部牛羊可以赚回1万元左右。随着季节的变迁，秋天的时候，麻烦就来了，刘跟顺告诉我，满山的草都枯黄了，牛羊有消瘦的迹象，这样下去，到冬天，牛羊会更加消瘦，年底，这批牛羊会因为消瘦卖不好价。我在网上查阅，找到了一种可以种植的草种，便购买了给他寄了去。不久，他高兴地打来电话说草长出来了，很绿。我松了一口气。每天一想到刘跟顺的牛羊和那绿绿的草，我就觉得生活是多彩的，人生是迷人的。然而，冬天的时候，我打他的电话，打了两个月，都是停机的，我有些焦急，担心他出了什么事。我决定去刘跟顺的家乡看望他。我到刘跟顺的村庄时，已经是黄昏。有人对我说，找刘跟顺呀？坏事了，他像是傻了，整天呆坐在村北的山头，你去看看！找到刘跟顺，我看见他一个人坐在一块大岩石上，目光幽幽地望着远方。我没看见他的牛羊，也

第四辑 开着花的你的梦

没有看见他种的草，山坡上，到处都是枯的黄的。拍拍刘跟顺的肩膀，我问他，你的牛羊和绿草呢？刘跟顺看见是我，两行泪从他的脸上流了下来。他说，我们这里修高速公路，从高速公路动工的那天起，我的牛羊就被买断了，我不答应也不行，因为，我的牛羊都是未成年牛羊，肉嫩。我不想卖的，半大的牛羊卖了不赚钱，可是，村长来了，镇长来了，连县长也来了……我不得不卖啊！我问他，那么，你的绿草呢？他说，开始我不答应卖牛羊，上头压得紧，我就和他们红脸了，他们说这些山头不是个人的，不是想种绿草就种绿草的，那些绿草就没了。我问他，你现在一头牛羊都没有了吗？以后，怎么打算？他说，等高速公路修完了，再重新养牛羊，现在，卖出去的牛羊钱，人家还拖着没有付；他说，现在还有一头小牛和小羊，我带你去看它们。跟着他，我在枯黄的山坳里，看见了他的小牛和小羊。我很奇怪，小牛和小羊戴着墨绿的眼镜，竟然津津有味地吃着枯黄的草。我问他，咋给这两个小家伙戴着眼镜？刘跟顺就笑，他说，这是他的新发现，给小家伙戴上墨绿的眼镜，它们吃这枯黄的草也吃得香，等高速公路修好了，他再养，就用这个方法。和刘跟顺站在高高的山顶上，我的心里充满了惆怅。从小牛的头上摘下墨绿的眼镜，我给自己戴上，瞬间，满天满地的枯黄都变成了萌动的绿……

飞 舞

突然接到黄芳的电话，她说叫我在"宝马会"迪吧等她，她很快就到。我和她很久没有联系了，我们都不怎么爱去迪吧，不知道她为什么要约我去这座城市最有名的"宝马会"。

接到黄芳的电话我是很开心的，过去我苦苦追过她几年，她在我心里从来不曾离开过。挂了电话，我精心打扮了一番。

在"宝马会"等了大约二十分钟，黄芳就到了。我和她在包间坐下，慢慢地喝酒，她一直眼泪汪汪的，一直望着那随着DJ的鼓点扭动的几百号人。

"为什么要约我到这嘈杂的地方来呢？很久没有见面了，到茶吧或者咖啡屋安静地坐坐不是很好吗？"我说。

"唉，我今晚需要飞的感觉，我想在这里飞舞……"晶莹的泪珠从她的眼睛里滚了出来。

我有些手足无措，我向来不懂安慰在我面前哭泣的女人，尤其是，面对我这样深爱着的女人。

"我希望你今晚陪我在这里飞舞，也许过了今晚，我什么都完了。"她说。

"究竟发生了什么事？"我想，也许是她和她老公吵架了吧。

"我杀人了……我，我杀死了我的老公！"

我惊呆了，黄芳居然杀了她的老公？我的心一直往下沉，我不知道我是应该报警，还是和她"飞舞"后把她窝藏起来。

"我知道你爱我，我很后悔当初没有跟你在一起……我老公在一家迪

第四辑 开着花的你的梦

吧认识了一个女人，和她好上了，他要我和他离婚。"

"可是，你不应该杀了他呀，离婚就离婚嘛，何必要杀人。"

"可是，他太过分了，我说他可以和那个女人玩，我等他玩够了回家，我这样还不够好吗？他却坚持要离婚，昨天他还打了我！"

黄芳掀起衣袖，看到那青一块紫一块的伤，我往下沉的心猛烈地跳动了几下。

"走吧，陪我去飞舞，能飞一会儿也好，我怕来不及，也许等不了天亮，警察就会来把我带走。"

我起身准备陪她去跟那几百号人飞舞，她却拉住了我，她说她没有进过迪吧，不会跳舞。看她紧张的样子，我有点想笑，我说，迪吧里百分之八十的人不懂跳舞，大部分人都是跟着DJ乱扭而已。她拿出钱包，然后从钱包里拿出几条K粉。我惊讶地望着她，她说，先刷一点K粉吧，这是我老公的，他对我说过，刷了K粉才会有飞的感觉。我没有犹豫，狠狠地把她的K粉打掉了，我对她说，你要飞舞我陪你，但求你不要这样。

黄芳很忘我地扭动着，看上去，她真的是在飞舞，而我，没有飞的感觉，我的心还在往下沉。我不知道今晚过后黄芳会有怎样的命运，杀人者偿命这句话一直在我的脑海里盘旋。

五彩的灯光在黄芳的脸上晃来晃去，看她忘我的样子，我心里酸酸的，有想哭的冲动。扭累了，我和黄芳再次回到包间，她狠狠地将身子往沙发里摔，她高兴地望着我说：

"难怪我老公爱去迪吧，原来在迪吧里，人的热情是这样奔放！"

我的眼泪在眼睛里打转，她呆了一下，起身抱住我，热烈地吻我。

"黄芳，我……"

"唉，就别心酸了，事情都已经发生了，没有办法了……等一下再去扭，扭完我们去开房，好吗？我知道你爱我，真的知道，我想，我应该给你一点念想。"

她一说完，我忍不住，泪就流了下来，我说：

"你就不后悔吗？多么不值得，你才27岁呀黄芳，你的人生还有很多精彩，可惜你却把它……"

"后悔又怎样？一切都完了！"她又忧伤起来。

"你是用刀杀死他的吗？"

"不，我在那瓶饮料里下了药，那是家里唯一剩下的一瓶饮料，他每天傍晚从公司回来，都会喝着饮料看球赛，那是他的习惯。"

我的心里燃起了希望，我希望她的老公没有喝那瓶饮料。

"走，到你家去看看，也许，事情没有想象的那么糟糕！"我激动地说。

"不，来不及了，现在是什么时间了？都午夜了，他一定喝了，来不及了！"

这座城市离她家那座城市只有两个多小时的车程，我拉着黄芳就走，我要开车带她回去，我希望事情没有那么糟糕。

因为路上堵车，差不多用了三个小时我们才赶到，他的老公并不在家，门是锁上的。黄芳拿出电话要打，我示意他，用我的电话打。打了他老公的电话，我往下沉的心才慢慢升上来——他老公没有回家，他和那个女人在一起。

我和黄芳静静地站在她家的阳台上，望着那漆黑的天空。

"黄芳，明天好好休息一天，后天我带你去买一套'雪中飞'，穿上我的'雪中飞'离婚吧，以后我们就在一起了好不好？我们可以一起去'宝马会'，去天涯海角，无论去哪里，我都带着你，我们一起去飞舞！"

"我现在就有飞舞的感觉——无事一身轻啊！"

我们在阳台上紧紧地拥抱。

天，就要亮了。

冬天里的约会

那年冬天，杏儿长大成人了。

那年冬天，天气特别冷，冷得让大街上的男男女女、老老少少们十分怀念夏天的。

杏儿穿过一条条街，一直往城南的公园走去。杏儿所到之处，人们像看外星人一样看着杏儿走过。人们很纳闷，这样冷的天气，这个个子高挑、面容美丽的女子怎么不穿外套？

杏儿去城南的公园，是和一个男人约会。

"今天好冷啊，我一心想着赴约，出门时忘记穿外套了！"

"是啊，这么冷的天气！"男人说。男人脱下外套，很心疼地要给杏儿穿上，杏儿拒绝了。

"你有没有带纸巾呢？"杏儿揉揉鼻子问。

"对不起，没有！"男人说，"走吧，我们到公园后的那棵柳树下坐坐！"

"不了，我回去穿外套……再见！"

男人傻愣在原地，看着杏儿的背影一点点远去，最后被人潮淹没。

回到家，杏儿的嫂子桂花笑呵呵地问："杏儿，今天的约会如何？"

杏儿叹息说："唉，没戏！"

桂花问："为什么呢？"

杏儿说："我对他说忘记穿外套了，他要脱外套给我穿，只是这样……"

桂花说："这样一个男人，你还嫌不好？这样冷的天气，人家愿意脱

外套给你穿，说明人家很会心疼人的嘛，这个男人的心地不错啊！"

杏儿苦笑说："不，嫂子，这样的男人还不足以让我把一生托付给他！我宁愿再等下一个约会……放心吧，约我的男人要用火车才装得完，哈哈！"

这话桂花信。的确，杏儿凭着苗条的身材和美丽的脸蛋，还有一双会弹钢琴的手，不知有多少优秀的男人期盼着和她约会呢。

不久，杏儿果然又去约会了。

天气依然很冷，冷得让大街上的男男女女、老老少少们对夏天的太阳害着相思。

杏儿穿过一条条街，一直往城北的古亭走去。杏儿所到之处，人们像看外星人一样看着杏儿走过。人们很纳闷，这样冷的天气，这个个子高挑、面容美丽的女子怎么不穿外套？

那个男人和杏儿约好了的，在城北的古亭见面。

"今天好冷啊，我一心想着赴约，出门时忘记穿外套了！"

"是啊，这么冷的天气！"男人说。男人很心疼杏儿，要带她去买一件外套穿上，杏儿拒绝了。

"你有没有带纸巾呢？"杏儿揉揉鼻子问。

"带了，给！"把纸巾递给杏儿，男人说"走吧，我们到古亭后的那棵青松下坐坐！"

"不了，我回去穿外套……再见！"

男人叹着气，看着杏儿的背影一点点远去，最后被古亭前的树林淹没。

回到家，杏儿的嫂子桂花笑呵呵地问："杏儿，今天的约会如何？"

杏儿叹息说："唉，没戏！"

桂花问："为什么呢？"

杏儿说："我对他说忘记穿外套了，他要带我去买一件外套穿上，只是这样……"

桂花说："这样一个男人，你还嫌不好？人家愿意买外套给你穿，说明人家很会心疼你的嘛，这个男人很真心的，不然，怎么要给你买外套呢？"

杏儿苦笑说："不，嫂子，这样的男人还不足以让我把一生托付

第四辑 开着花的你的梦

给他!"

又过不久,杏儿再次去约会。

天气更加冷了,冷得让大街上的男男女女、老老少少们每时每刻都在叨念着夏天的烈日。

杏儿穿过一条条街,人们像看疯子一样看着杏儿走过。人们很纳闷,这样冷的天气,这个个子高挑、面容美丽的女子怎么不穿外套?

杏儿这次是去城东的湖边和一个男人欣赏湖面上的冰。这个男人是一个很成功的企业家,杏儿觉得自己很幸运。

"今天好冷啊,我一心想着赴约,出门时忘记穿外套了!"

男人沉默。

"你有没有带纸巾呢?"杏儿揉揉鼻子问。

男人沉默了一阵,然后说:

"这样冷的天气,你居然忘了穿外套?我想……你连自己都照顾不好,将来怎么会是一个贤妻良母呢?或者,你想乘此机会让我给你买一件昂贵的外套?"

"不……不是这样的!"

"对不起,我有事,得走了……再见!"男人说完就走了,杏儿看着男人的轿车眨眼之间不见了踪影。

那个冬天不久就过去了,杏儿等着下一个冬天再约会;下一个冬天的约会又没戏,杏儿等着下一个冬天……一等,就等到了二十多年后的这个冬天。

这个冬天,杏儿没有去赴约,因为没有人和她约会。杏儿的嫂子已因子宫癌去世了,现在已无人过问杏儿的约会。杏儿坐在窗前,望着窗外结了冰的街道说:"为什么呢?老天爷啊,为什么和我约会的每个男人都只会想着要给我买外套和脱外套给我穿?他们怎么能不想想我可能会感冒,他们怎么能不带我去买点感冒药?"

这个冬天,杏儿对男人失望到了极点。但失望归失望,杏儿是多么希望有人和她约会。杏儿苦笑着自言自语:"如果这个冬天有人和我约会,我会穿着棉袄去赴约。"

望 乡

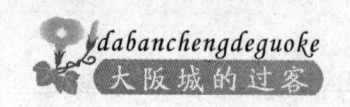

她担心的事情终于发生了,二十五年后的今天,正如她预料的一样,老魏终于对她说,他想回家,想在家乡过完下半生。

年轻时她没有选择去老魏的故乡,却要在年龄渐渐大了之后离开自己的故乡吗?这种感觉是与年少时候的离家无法比拟的,人成长的阶段不同,少年喜欢离家,年龄渐大,总是喜欢安静地在一处熟悉的环境过平淡的日子。

结婚时,老魏还是小魏,他对她说,哪里都是家。他离开家乡定居在她住的小城,她深深地明白,那是他对自己的体贴。她不习惯他老家的气候,更不舍她的亲人朋友。二十五年了,她一直享受着他的照顾,享受着亲人朋友的关爱,她很满足,她一直都是一个很容易满足的女人。

"为什么突然想回去呢,你知道,我害怕陌生的环境。"她对老魏说。

"我妈妈的病,我很担心。"老魏猛吸一口烟,目光幽幽地望着远方说。

"咱去,等婆婆的病好了,咱再回来,好吗?"她在背后抱着他,轻轻在他耳边说。

她知道老魏的感受,她不想他有任何遗憾。人,也许都是这样的,年龄渐渐大了,对亲人的担心也会渐渐的多了,对故乡的那种眷恋感就会越来越强烈。

"不,我想在家乡过下半生,你和我去。"老魏说。

"可不可以……把婆婆接过来,我们照顾她?"沉默了一阵,她对老魏说。

第四辑 开着花的你的梦

"人老了,谁愿意离开家乡啊?老人家是不会过来的,我还有哥哥,弟弟,姐姐在那边……"

她沉默了,终于哭了,她对老魏说,突然觉得很辛苦。老魏不说话,又掏出一支香烟。

她绝望了,她知道,老魏这回是铁了心要回去了。过去,老魏经常会在梦里说故乡,说他家的池塘,说许许多多故乡的人与事。白天,老魏也经常跟她讲故乡的情景,她聆听,内心充满内疚,随之便是孤独,内疚是她的感觉,孤独是她替老魏产生的感觉。

故乡有老魏的亲人,有老魏的朋友,有他熟悉的一切。虽然北方也有老魏熟悉的一切,有他的家,但她从结婚的那年就明白,老魏那种对故乡的眷恋是任何东西都不能替代的。偶尔的远方的一个电话,一件相关或者无关的事情都可以唤起老魏的忧伤或者快乐,那种感觉,很强烈。

整整一个上午,老魏都在吸闷烟,他内心的渴望被她感知了,她的忧伤和担忧就成倍地增长起来。

"这一天终于来了,我不知道去你家乡后,将要面对怎么样的生活,这种不确定让我很茫然……"她说。

"那么,你留下吧,我一个人回去。"老魏生气了,他说这话时声音很大,但没有看她的眼睛。

"不!我不能也没有理由自私地让你一直守护着我!虽然这里是我不舍的故乡,但是,我不能让你一个人离去之后,悲哀地过日子,孤独地衰老……"

老魏惊讶地抬起头,很不相信地望着她,激动地说:

"你答应和我回去了?我……我……"

"如果……如果我们有孩子,也许你就不这么孤独,就不这么渴望回乡了……"她说。

她叫老魏去买火车票,老魏快乐得像个小孩子,高兴地去了火车站。

家里很安静,她对自己说:他付出了他的青春与壮年,我没有理由不还他一个中年与老年。

老魏买火车票回来,她已经收拾好一切。火车票是明天的,这个晚

上，她和老魏都睡不着，遥远的距离从来没有像现在这样让两个人觉得血淋淋，没错，是血淋淋，因为注定要有一方舍掉一切。睡不着，老魏就和她一直听歌，听那首费翔的《故乡的云》：天边飘过故乡的云，它不停地向我召唤，当身边的微风轻轻吹起，有个声音在对我呼唤……

老魏和她反反复复地听，直至忧伤在歌声中轻烟似的消散，直至梦和太阳在晨风中慢慢升起……

第四辑 开着花的你的梦

走错门

住宅楼很高。

我站在高高的住宅楼下,思量着怎样才能找到柳叶。

柳叶是一位著名作家,她是我的偶像。

本来我是将柳叶的地址写在记事本上的,但我将记事本遗失在火车上了。我依稀记得地址是时代广场的此住宅楼,可是记不清是几楼几号房。

这座陌生的城市此刻灯火辉煌,望着辉煌的灯火,我已在心中第五十遍告诫自己:既然已千里迢迢来到这座城市,就要找到柳叶。

我打算挨户找。

我拿出了最大的勇气,我下了最大的决心!敲响一楼1号房门,一个小女孩将门开了一条缝:"叔叔,您找谁?我家人不在,请到别处问!"

小女孩迅速说完迅速关了门。

我断定,这不是柳叶的家——柳叶曾在某篇文章中说过,父母给孩子的最好礼物是陪伴,而非玩具和零花钱。现在已是夜晚,柳叶怎么会留小女孩一个人在家呢?

我敲响2号房门,开门的先生很生气:"敲什么敲?没看见有门铃吗?"

我歉疚地说:"对不起先生,我……"

没等我说完,先生便关了门。

我断定,这不是柳叶的丈夫,柳叶曾在某篇文章中说:我未来的丈夫必然是有同情心的,我未来的丈夫必然是以诚待人以礼待人的。

既然不是柳叶的丈夫,这就不是柳叶的家了。

住宅楼很高！

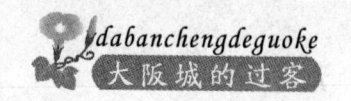

从一楼到五楼，我花了两个多小时挨家寻找，最后都断定不是柳叶的家。六楼的第一家已经是第 1116 号了，给我开门的是一位老大爷："你这样挨户问是没有用的，城里不比乡下，城里百分之八十的人不知道隔壁邻居叫什么名字。"

我谢过大爷继续寻找，到了十一楼我开始有些泄气。

泄气也得找下去，我不忍半途放弃。

5025 号房门一开，我就知道又走错门了：里面有四个女人在打麻将。柳叶哪会把时间浪费在打麻将上，有时间柳叶应该是在写作。

在 6089 号房，一位漂亮的女人给我开门时笑容很灿烂："先生，您是要批发化妆品吗？放心，我们的产品您拿去定能赚很多！"

7056 号房我没有进去，我站在门外分明听到一对男女吵架的声音，女人骂男人的脏话不堪入耳，柳叶那样有思想有素质的人怎么会破口骂人呢？

住宅楼很高！

我已经在十八楼了。十八楼的 8051 号房门没有关，我刚走到门口，一个女人热辣辣的目光迎了过来："先生，来按摩吗？您第一次来吧？放心，这里扫黄的警察不会来。进来吧，您看，我这里靓妹多得很！"

那些赤裸裸的女人面带微笑，我头冒冷汗飞似的逃了。

住宅楼很高！

二十八楼终于是最高的一层楼了，我将希望寄托在这二十八楼上。

敲响 9987 号房门，敲了五次才有人来开门。开门的是一位很漂亮很有气质的女人："您好！"

我断定，眼前的人便是柳叶——一开门就问好是那些普通女人不会的。

我很激动："请问，您是柳叶女士吗？"

女人说："是的，我是柳叶。您是？"

我的心咚咚直跳！

突然女人的身后走出一个上身赤裸的男人，男人怯怯地对我说："先生，我知道我妻子最近暗中叫人盯着我……我希望您高抬贵手，我因为这婚外情怎么着都行，即使是公司为此倒闭。可是柳叶不能为这件事身败名裂，请您高抬贵手！"

眼前的两个人仿佛来自另一方时空，我吃力地说："对不起，我不知道你说什么……我走错门了！"

在住宅楼下我拦下一辆出租车。坐在急驰的出租车里，我眼泪汪汪地从车窗里望去——

那住宅楼很高！

爱要怎么说出口

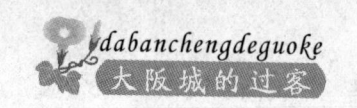

我倚着窗口,看陆小璐在街那边走来,春日的黄昏中,她充满了梦幻。

陆小璐来后,对我说:"小武不相信你爱他。"

我呆呆地望着陆小璐脸上的那些青春痘,它们骚动,不安。

陆小璐又说:"他说了,除非是你亲口对他说,可是,你说不了啊!"

是的,我说不了。我是一个哑巴,一个能听却不能说的哑女,十三岁的时候我生了一场病,就变哑了。

我知道,小武要我亲口说,是因为他刚来我爸的工厂不久,他不知道我是个哑女。

小武做事情很有板有眼,是一个话语不多、勤劳善良的男人。天知道,我迷恋的男人就是这个标准。

爱不重,不生婆娑。他就是疯长的丛木,我要为他长出藤蔓。

他要我自己表达,我就决定自己表达。所以,以前不怎么到车间的我,开始到车间做事了,并且和他在一个操作间。大多时候小武不说话,仿佛和我一样处于无声的世界,这越发使我痴迷。我在工作中极力去帮他,下班后请他到家里和我爸一起吃饭,他的衣服,我也让家里的保姆帮他洗。我想,这也算是表达我的爱吧?可惜,他就像一棵静默的树,没明白我。

他知道我是哑女后,看我的眼神有了不同的东西,我知道,那是同情。但我不需要同情,我要的是爱情。所以,我有一天鼓足了勇气给他打手势表示爱他,然而,他不懂手语。

第四辑 开着花的你的梦

　　我再次找好友陆小璐，希望她帮我找到好的表达方法。陆小璐说，要是我，我就做手工，用橡皮泥或者别的什么，示爱。我觉得陆小璐说的方法不错，就请保姆做了两个心型的绣包送给了他，可是，他没有任何反应。

　　陆小璐说这个男人是个木头疙瘩，叫我不要理他了。我却不那么认为，我隐隐地有点心慌，他不应该不懂我的心意，也许，他嫌弃我是个哑女？陆小璐就说，干脆画一个丘比特的一箭穿心给他，看他还怎么回避。

　　我没敢那样做，我是个女孩，我懂得害臊，我不可以那么肉麻和直白。

　　还没有等我想到好法子，小武和新来的唐梅谈起了恋爱。我哭了，我的希望像一滴水，随时都要蒸发。我嫉妒着，惶惑着，日子像水，无味。

　　我每天在街道上游荡，再不去车间。陆小璐看我伤心，就去找小武，陆小璐说，她真的爱你！小武却说，你怎么知道？她如果真的爱我，就会自己告诉我。为此，陆小璐和小武吵了一架，陆小璐说他是欺负人，明明知道别人是个哑女，却要人家说。小武没有示弱，说陆小璐是多管闲事，还说，既然爱，就没有什么不可能的，如果深爱着，再哑也能用嘴来表达。陆小璐很生气，说，非得用嘴来表达？她用嘴表达，你就会接受她的爱？小武说，只要她用嘴来表达，我就会相信她爱我，我就会和她在一起，一辈子。

　　我知道后很伤心，这不是为难人吗？陆小璐说，很简单，他说用嘴表达就可以，那你就用嘴去亲吻他吧，这样也是用嘴表达的。我恨他的绝情和冷漠，但又很希望和他在一起。20多岁了还没有爱过，我对他的爱，很深很深，深得让老爸大跌眼镜。老爸说，他可以直接找他说清楚。我没有同意。陆小璐说的用嘴亲吻他，我也做不到。

　　我拼命的想着办法，可在现实面前，先天的因素使我只能输给现实。看着他和唐梅亲密的样子，我的心很疼，疼得我有窒息的感觉。

　　我依然每天在街上游走，走着走着，夏天就过去了，秋天也过去了。冬天来临的时候，唐梅居然抛弃了他，和一个外乡的帅哥跑了。我的心中又燃起了希望。但我还是没有办法，他说过，要我用嘴表达爱。

这天，空中飘着雪。在街上，我看到那扇临街的窗户里，有几个小毛孩在朝窗玻璃上吹气，他们玩得很开心。刹那间，热血在我的心中沸腾起来，我找到灵感了，对，我可以用嘴巴在窗玻璃上给小武吹出五个字：小武，我爱你！

我很高兴，为了我的幸福，我决定这么做，这是唯一的办法了。

跑回家，我打扮了一番，就打电话叫陆小璐和我去车间找小武。

小武在埋头干活，我和陆小璐走到他的身边，他也没有发觉。陆小璐说，小武，你先休息一下，有事情需要你知道。我走到窗边，深呼吸了一下，鼓足了勇气在窗户上开始吹字。我的心咚咚地跳得厉害，幸福将我整个儿塞得满满的。我刚吹出"小武"两个字，小武就跑开了，他说他腹泻，要上厕所。

小武去了两个小时没有回来，我的泪就掉下来了——我明白了，他真的是在逃避我，他嫌弃我是个哑女。我哭着跑到了自己的屋里。陆小璐出去找到了他，说，她今天要用嘴巴向你表达，你却逃避，你不讲信用！小武对陆小璐说，我知道她要表达，但那是表达吗？吹那几个字，有声音吗？我听得见吗？陆小璐是被他气得哭着到我的屋子的，她对我说了后，我就死心了，我说："陆小璐，我要放弃了，从此不再理他了！"

整天在屋子里发呆，枯黄的时光在我的忧伤中慢慢地飘落。我恨透了小武，恨透了他的木然。

离过年只有十天的时候，小武来找我，他说他要回乡了，回去之后，不再来了。我颤了一下。站稳后，我居然含着泪在他的手心里写了三个字：我送你。

在门口，他说，坐车去车站吧？我摇头，再摇头，拉着他的手朝车站的方向走。

我恨自己不争气，永别在即，我却不肯面对现实，有车不坐，非要留这一段路程来做一生的念想。

在车站，我一直忍着要滚出眼眶的泪水。当车要开走的时候，我突然看见那个卖艺人在吹笛子，他吹的是赵薇的《离别的车站》，我抢过卖艺人的笛子，就有了倾诉的方式，我从小就学过笛子，却一直没有想过可以

第四辑 开着花的你的梦

用这种声音和他交流。

　　我大颗大颗地流泪，望着他，吹出所有的忧郁和委屈。寒风中，他惊讶得张大了嘴巴。这一刻，我成了车站里所有人的风景。

　　他大步走过来，把我拥在怀里，说："你这个傻瓜，我一直逃避，是因为觉得配不上你，我只是一个农村来的乡巴佬，我不帅气，不聪明……傻瓜啊，你那么美丽那么高贵，我那么平凡那么卑微……"

红太阳

那个人穿着一件黑色的风衣，从街的那边走来。我站在吧台边，看着他一直走近。

他没有打伞，站在酒吧门口，雨水从他浓密的金发里流下来，一滴一滴地往黑色的风衣领口上掉，街上的路灯，将他的影子拉得很长。

进了酒吧，他四处张望，我不会英语，不知道能为他做点什么。

"您好！"他望了一会儿，转身向我打招呼，没有想到，他会说中文。

"您好，请问有什么可以效劳的？"我微笑着说。

他没有答话，看上去有点莫名其妙的紧张。

我问他是否需要唱歌的地方，我告诉他单间可以唱卡拉OK。

"那好吧，带我到卡拉OK间看看，谢谢！"他说。

他跟着我到了卡拉OK间，我把酒水单递给他。

"这里挺雅致，您觉得怎么样？"

他在卡拉OK间的沙发上坐下，对我说："外面轰天的音乐让我受不了，这里安静，我喜欢。"

他一边翻看酒水单，一边问这问那。我耐心地回答着他的每一个问题，等到都回答完了，也看不出他是要留下来消费还是要走。从他提的问题来看，我明白他不经常或者说没有进过酒吧。不管怎样，既然来到我的酒吧就是我的客人，父亲把酒吧交给我时对我说过，消费不消费都没有关系，愿意在酒吧里坐会儿的也应该欢迎。

叫服务员给他倒了茶水，我就回吧台了。

他在卡拉OK间坐了大约五分钟就出来了，问我可不可以带他到处看看。

"我平时从来不招呼顾客的,今天收银员不在……"我对他说。

虽然我心里有些不悦,但还是微笑着答应带他在酒吧转转。

"去看一下表演吗?"我问。

"好吧,去人多的地方。"

这老外真奇怪,一会儿说喜欢安静,一会儿又要去人多的地方。平时,我可没有精神带着顾客到处转,但他是外国人,潜意识里,我在提醒自己注意维护中国人的形象。在演绎间,我发现他并不看舞台上女演员们火辣的表演,他的眼睛一直在台下疯狂的观众中寻找着什么。

带他走遍了整个酒吧,最后,他在离吧台不远的地方坐了下来,神情有些忧伤。要了一瓶玛格丽特,他开始慢慢喝起酒来。我觉得他很好笑,来酒吧的人们都是一杯一杯要酒的,他却坚持要一整瓶。

酒吧里忧伤的人我见多了,但他的那种忧伤不是常见的落寞,他的忧伤里写满了遗憾,我很疑惑。

酒吧里的人们进进出出,快天亮的时候,酒吧里只剩下他一个人了,他再次要了一瓶玛格丽特,我看他有些喝高了,劝他别再喝,他却坚持说他醉不了,我只好顺了他。

关了音乐,灭了其他地方的灯光,安排酒水推销员和调酒师及服务员等一干人去休息后,我就安静地看他喝酒。

他喝完一杯,看一眼风衣的口袋,再倒一杯喝完之后,他又看了一眼口袋。一来二去,我坐不住了,难道……

"先生,为什么每喝完一杯都要看一下口袋呢?"我走到他身边问。

"呃,我在看照片!"

他拿出一张照片给我看,照片上是一个笑容很灿烂的中国女孩,扎着两个小辫子。

"这是我十五年前在这里认识的女孩,叫黄冬梅,你看,照片就是在这酒吧门口照的,那时是早晨,太阳刚好从酒吧旁边的青松树上升起,这照片上的青松和太阳,我一直很喜欢……"

"原来,先生在十五年前就来过我的酒吧?那时候,我的酒吧还是我父亲在打理。"

"酒吧还是以前的酒吧，但一切都变了，那时候，来酒吧的人都是为了休闲，喝点小酒，现在呢，好混乱，有表演，有OK间，有舞池，那些年轻人看了让人害怕……我本来是来找黄冬梅的，但肯定找不到她了，因为现在的酒吧和以前不一样了，她是不会来了！"

"先生怎么就和她分开了呢？十五年了？"

"那时候，我的家乡发生战争，我回国参加了战斗……战争中处处是黑暗，黑暗中，她和照片中的红太阳一样让我感到温暖，她是我的红太阳，我的红太阳……"

他和我说了很多话，走的时候步伐有些不稳。天还没有亮，我希望外面的雨不要下，我希望天亮后是个晴天，我一直没有注意过酒吧旁的青松，一直没有发现太阳会在青松上升起，我想看看那轮红太阳……

墙那边

他去省城短短三个月，回来时，她已和宝根结婚了。

他不敢相信，去省城前还和他花前月下的她，居然和宝根结婚了。

宝根家住他家对面，相距只有十五米，两家房子的中间，是一条小土路和宝根家的小院子，院子里有两棵高大的杏树。

他一直想找机会问问她，为什么抛弃了他。然而，他没有机会和她单独在一起。

他喜欢在黄昏的时候，站在窗前，透过宝根家的玻璃窗望她。她也每天从玻璃窗里望他。

不久，宝根在小院子前筑了一道三米多高的泥巴墙。

他想，有了泥巴墙，就没有了阳光，她的屋里会很阴暗。

村里人都知道他和她以前的事，路上遇见，为了避闲话，他和她不敢言语。所以，他很希望和她在玻璃窗里相望，他喜欢那样的时刻。

他等。等风吹倒那堵墙，等雨淋垮那堵墙。但墙很坚固，他每年只能看到那两棵杏树的枝丫，枝丫上挂满了粉红的花朵。

等了几年，那堵墙缺了一个小口，但他无法从那小小的缺口里看见她。

时光一点点流去，那个缺口越来越大，他可以看到宝根家的玻璃窗了，但窗户上贴了报纸……

他等。

一年又一年，墙还不见倒，玻璃窗还贴着报纸。

他等。

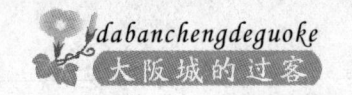

有一天，墙终于倒了，宝根生病死了，玻璃窗上的报纸没有了。于是，他又透过玻璃窗望她，她的身边有她的儿子。

黄昏，他看到她在玻璃上贴了一张洁白的纸，纸上写着几个黑色的大字：你渴望知道我为什么嫁给他吗？那年，我被他强暴了……

他在自家的玻璃窗上也贴了一张洁白的纸，纸上写着：现在，嫁给我！

她在玻璃窗上换了白纸：不行，现在我们隔着辈分！

他才想起，宝根和他父亲同一个辈分，虽然不是亲叔叔，但是他确实是小了一个辈分。他在玻璃窗上贴上白纸：我不在乎世俗的眼光。嫁给我！

她在白纸上写：你不在乎我在乎，我的孩子已经十多岁了，我现在什么都不想，只想培养他，他和你同辈，你得叫他弟！

他在黑夜里走到镇上，坐了火车去省城，两年后，带着一个女人回来了。

回来了，他还是喜欢从玻璃窗里望她，望她那中年女人特有的、高贵的额头，望她那忧伤的眼神。她也望他，面无表情地望。

几年后。

他有事外出了一个星期。一个星期里，她很想念那扇玻璃窗。

回来时，他惊讶地发现，他家门前筑了一道水泥墙，水泥墙有三米多高。水泥墙是他的妻子请泥水匠给筑的。

从此，他失魂落魄了，他知道，这辈子，是不能从玻璃窗里和她相望了！他说，我不求相守，相望也不行？他说，水泥墙，是风吹不倒，雨淋不垮的啊！

从此，他很期盼春天，他喜欢看那些杏花在春风中飘下，从水泥墙的那边飘到他的这边来……

第四辑 开着花的你的梦

爱不能成为囚

　　飞机出了故障，在飞机越来越接近地球的时候，无奈中我只好从空中往下跳。

　　很幸运，飞机坠毁在松林里，我跌落在松林旁的一片湖泊中，活了下来。

　　天快黑的时候，我在湖畔遇见了她——精致的瓜子脸、清水般的目光、迷人的红唇、高挑的个子。

　　这个好心的漂亮女人，把我安顿在离她的村庄很远的地方。

　　这个地方很偏远，山连着山，没有公路，没有电灯，没有学校……就像书中描写的原始部落，这里与现代文明丝毫不挨边。

　　我给她讲山外的大城市，讲城里的女人们漂亮的衣装……她的眼睛里，就有了黑夜里的一抹光。

　　她的名字叫徐如花，她把名字告诉我的时候，我说："徐如花，山外的女人不像你，你纯如水中的月亮，雅似风中的麦浪。"

　　在山里待了两个月，我一直没有走，因为我喜欢上了她，我想等时机成熟后带她走。

　　这里离最近的镇子也有300多公里的山间小路，我一直在准备盘缠。准备好一切，在一个花朵芳香的午后，她的小船从湖面上漂来时，我带上她出发了！

　　进入了我熟悉的城市，徐如花紧紧地拉着我的手，盯着周围的高楼大厦，好奇地张大了嘴巴，她问我这么高的东西都是什么，我告诉她，那是写字楼，那是商场……

进了电梯，电梯门关上了，往上升的瞬间，徐如花叫了一声，钻进了我的怀里，我轻轻拍着她的肩说别怕，这就像你在湖面划的小船，马上就到家了。

进了我的三居室，她像只快乐的小鸟，在我漂亮的大厅里旋转，摸摸这，碰碰那。她不小心按了电视的开关，电视屏幕上出现了一个男人，正用枪指着她，徐如花吓得叫了一声，抱着头蹲在地上。我忙走过去，抱起徐如花，告诉她这是电视。我拿起手机，挨个拨打我亲友们的电话，徐如花傻傻地望着我，我搂着她，告诉她这是电话，可以和见不到的人说话。

没一会儿工夫，我的房门拍得山响，那是久没消息的急切。打开门，我的亲友们潮水般涌了进来。我拉起徐如花，向亲友们介绍：这是我的新娘，徐如花。徐如花睁大眼睛看着我的亲友们，眼里的那一抹黑夜里的光更加耀眼。

婚后，我觉得很幸福。

我喜欢拥着徐如花走在街上，我喜欢那些男人们羡慕的眼神——徐如花穿上我给她买的各种漂亮的衣服，很吸引眼球，她有着城里女人没有的那种天生的野性和无邪，这种本质与她超级的漂亮成了一道亮丽的风景。

我喜欢吃西餐，那儿的牛排特别正宗。用餐的时候，我慢慢地告诉她，右手拿刀，左手拿叉。我一边说一边给她做示范。徐如花学着我的样子，笨拙地用刀切着牛排，样子很狼狈。像她这样的美女，当然会引来一些人嘲笑的目光。我微笑地鼓励徐如花，徐如花把刀叉扔在一边，气呼呼的。

我喜欢K歌，我是那种一听到震耳的音乐，全身的毛细血管就跟着跳舞的人。徐如花总是缩在包间的沙发上，听我和朋友们嚎叫。看着我们在劲舞中扭动，燃烧，她显得迷茫。我走过去拥着徐如花，告诉她，这是城里人放松的一种方式。

很多时候，我教徐如花读诗，看电影，听音乐，她学得很认真，但效果却不好。

蜜月完后，我就回到我原来的单位工作了。单位离家远，我虽然想念徐如花，但是只能半个月回家一次。

第四辑 开着花的你的梦

第一次从单位回来，我发现徐如花眼里的那抹光暗淡了许多，夜里，我拥着徐如花问她原因，她说她想家了，我说以后有空了，陪她回去。

一夜无眠，当第一缕阳光射进房间时我迷糊了一会儿，醒来，床上没有了徐如花。

我急忙起来寻找，在阳台上看到小区的草地上，徐如花在光着脚丫疯跑，她快乐得像个孩子。我下楼去找她，邻居告诉我，徐如花每天早上都会在小区的草地上光着脚丫疯跑，一开始有人不让她跑，后来就没有人管她了。

在家待了两天，临走时，徐如花哭着说要和我一起去，我很为难，因为公司里没有适合她的工作，我不能带一个闲人去公司，只好让她留在家里。

这回，我再从单位回来，发现徐如花眼里的光几乎没有了。她对我说她做的饭家里人不喜欢，好多东西她都不懂，爸爸妈妈看不惯她。她说她在街上被骗子骗，被警察盘问，被司机骂，被小流氓追……我对她说慢慢就习惯了。她说她习惯不了，这里的规矩太多，她太容易犯错。

我的心里很恐慌，她看上去很憔悴。我决定辞去工作，陪徐如花一段时间，教她习惯一切。

可惜，我的辞职还没有审批下来，徐如花眼里的光就一点都没有了。

徐如花坚决要走，她对我说这里的人有太多的规矩，太多的礼仪，这是她无法学的，她也不想学，她会因为没有自由而死去。

我怎么挽留，徐如花都不愿意留下来。她叫我和她回她的家乡，可是，就像她不习惯文明社会一样，我也习惯不了她旧部落似的村庄，那种原始有我承受不起的寂寞。无奈，我只好送她走。

徐如花快上车的时候，我的亲人朋友们闻讯赶来，大家叫我不要让她走，徐如花的眼睛里满是惊恐，她可怜的样子，让我的心痛得很厉害。我颓废地跪倒在车站前，愤怒地向亲人朋友们发出一声咆哮："我们不要囚禁徐如花，不要囚禁徐如花！不要……"

冰　翅

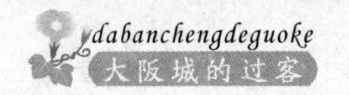

1

最起初，我并不知道我做了一只叛逆的候鸟——忘记了季节的规律，披着梦的轻纱，从温暖的南方飞到了寒冷的北方。

在寒冷的北方，在寒冷的小屋里，我和王子扬用火一样的身体，丈量着季节的温度。他喘息着用舌头灵巧地滑过我的颈项，温润地停在我的胸前，他的手沿着我的周身游走，给我梦幻般的眩晕。

尽管我早败得一塌糊涂，但在王子扬的怀里，女人特有的矜持还是把我束住，我竟然在他的怀里变得极其清纯，二十岁时一样清纯。

2

父母的寻人启示，我是在"七里香"茶吧边饮茶边看电视看到的。看到寻人启示后，我每天就在回家与不回家的思虑中挣扎，挣扎着一点点让时光溜走。

枯黄的时光里，当王子扬执著而又温柔地拥我入怀时，我就仿佛看到了一抹绿色，我痴迷于这种感觉。但王子扬要上班，他上班后，我怕听到闹钟不失时机地提醒我时间的存在，什么男人女人、父亲母亲、儿子女儿的概念我一下好陌生，于是，我总是一个人，在"七里香"茶吧消磨无聊的时光。

那个寂寥的午后，我在"七里香"坐了几个小时才出了门，在"七里香"门口，我遇到了可爱的巴比。

3

遇到巴比，它那份凄惨的忧郁，让我想起了王子扬最初到我家乡，在我和我丈夫开的工厂应聘时，他那悲凉的眼神。我爱怜地把它抱回了我和王子扬的小屋，拿夜里王子扬吃过的 Sandwich 给它吃。它惶惑地望着我，让我心生怜悯。我温柔地用沐浴液给它洗澡，用我们换下的旧牙刷给它梳理毛发。本来惶恐不安的巴比一下温顺了许多，温柔地用舌头舔我的手指，企图用它那淡淡的体温传递给我一丝温存。

从此，王子扬上班的时候，巴比就成了我的伙伴，我会带它到"七里香"，在那里打发无聊和不安的时光。

我变着花样打扮我的巴比，把它的毛梳理得油光可鉴，当我给王子扬织好一件毛衣时，也给巴比很贵族地佩戴了宠物服饰，我不知道巴比会不会感谢它生命中的救世主，我一心一意地爱着它，如同死心塌地爱着王子扬一样。

死心塌地爱着王子扬，但我的心中没有停止过惶惑——当我最后的这点青春像风一样划过，王子扬是否会一直情深意浓？我一次又一次在小屋里想到，我和王子扬私奔时，还在幼儿园里的女儿，她放学回家后，会不会哭着，不停追问爷爷奶奶她的妈妈到哪里去了？我那沉默寡言的丈夫，会不会在深深的夜色里像狼一样嚎叫？

我在风雨飘摇里演绎着、紧抓着我的爱情，一个星期、两个星期……有一天夜里，我和王子扬正要把爱解读得如火如荼的时候，巴比的呻吟声盖过了我们。我知道巴比是个讲卫生的动物，它的呻吟告诉我，它要方便了。当我挣脱了王子扬，为巴比开门之后，王子扬一下变了脸色。他说，断线的亲密搁浅了爱的小舟！我的心如风中飘摇的叶子，尽管我已倾尽我的柔情似水。我对他说，我可怜的巴比，它其实很像我，都是这个城市的旅客。

4

王子扬老说有了巴比，我们之间有了距离，他再也放不开来和我亲密

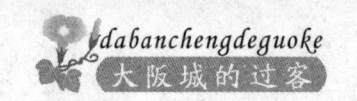

了。是吗？我费解地思量着，也曾想到丢弃巴比，消除王子扬的顾虑。可北方的冬季滴水成冰，我怕可爱的巴比对抗不过冰天雪地的残酷无情。

雪因寒冷而风采依旧，我穿戴着王子扬给我买来的长至膝间的雪中飞，还有他亲手给我挑选的长毛丝巾。但我没有飞的感觉！我使劲地缩着身子，审视着这个陌生的都市，细数着这些日子王子扬莫名的厌食和晚归，我很心痛。就在我心灰意冷地带着巴比坐在"七里香"喝茶的时候，那个男人唤走了我的巴比，任我百般呼唤它就是不走回我身边，只远远地对我摇头摆尾。后来那个有着冷俊外貌的男人来到了我的面前，他说，巴比是他前些日子在"七里香"不慎走失了的狗儿！我的心里一下空荡荡的，我爱抚地最后抱了巴比。男人说，要是喜欢，我还可以把它带走，我心掠过一丝惊喜。可最终巴比这个忠情又薄情的家伙还是没有跟我走，只是谦意地用身子一个劲儿地蹭我，似乎进退两难，但最终，当那个男人走时，巴比还是在我面前用它的身子迅速地划了一个半圆。

巴比走了，我回到我们的小屋时，该归来的王子扬还在外面游走，我又一次精心地为他做了黄骨鱼炖豆腐。做好了，他还是没有回来，我一次次地朝窗外望，窗外的天空有着苍白无奈的灰色。我像解读方程式一样解着有关王子扬的回忆，王子扬曾经用汤匙的姿势是那样的优美。现在，他没有回来，我觉得他像极了盒子中的水晶。

5

这些夜，我用泪洗刷着我的记忆，王子扬半个月没有归家，却寄来几句他的心里话：我们就到这里结束吧，你三十二岁了，我才二十三岁……我们的思想有着一千里的距离！你回去吧，你的家人都在等着你……

回家？我得用恍如几千几万年的记忆回想那年那月那日……

我又在"七里香"遇见了那个男人，巴比见了我，居然很热情，它一直往我的怀里钻。茶吧里正放着旋律悠扬的《梁祝》，因为巴比，男人和我坐在了一起。悠扬而又伤感的小提琴曲，让人想寻找一丝温暖，于是，有家不可归的我，和男人在包间里热视。我是有目的的，我想在这座陌生的城市里找到一个可以躲避风雪的地方。然而，茶吧终归和那些酒吧不

第四辑 开着花的你的梦

同,这里只不过是"共饮一杯各西东"的地方,男人只约我第二天再来,他不方便带我回家,我不好直接叫他带我去酒店开房。

冬季还没有过完,寒冷依然没有退去。"七里香"里,相逢的人还会再相逢,但我知道我其实是一只忘记了季节规律的候鸟,误在冬天从南飞到了北,我还得飞回去,我不想再白天蜷缩在"七里香"里等那个男人和巴比,又在夜晚去找旅店。我知道,巴比和那个男人只是我冰天雪地里的一堆篝火而已,篝火总会熄灭。

我终于用新的飞翔姿势,飞在漫无边际的冬,但回南的路太遥远太寒冷,我的羽翼一点点结冰,我在回南的途中张着冰翅,跌落在季节的风里……

爱情一阵风

1

"梨花,国庆节我们单位放长假,你来吧,我们聚聚!"

"不如你回来吧,你都好长时间没有回家了,爸妈很想你的!"

"不不不!你来吧,你没有来过省城……你来,我带你逛逛,整天待在乡下,不值啊!"

接完电话,梨花很高兴,她觉得老公对自己真好!

2

到了老公的单位,梨花问门卫:"请问你们刘总——刘青山在吗?"

"你找刘总啊,他平时爱去'大团圆'演义吧,也许他现在在那里,你去那里找他吧。"

听门卫说老公爱去演义吧,梨花的心里很不是滋味,她虽然住在农村,但是她听村里出去打工回来的小伙子们说过舞厅、演义吧、酒吧等,她知道那不是个干干净净的地方。

3

梨花看见老公正站在演义吧门口的马路上打电话,她就走了过去。

"青山,你怎么在这里?"

"我……嘿嘿,我路过这里,朋友打来了电话,就站在这里接听!"

第四辑 开着花的你的梦

"听你公司里的门卫说,你平时很喜欢来'大团圆'演义吧?"
"没……没有,怎么会呢……"
"今天,你带我进去玩玩吧!"
"这地方有啥好玩的呀,走走走,我们到别处逛逛去!"
"不行,我就是要到这演义吧里玩玩!"
青山没有办法,只好答应带梨花进"大团圆"演义吧。

4

青山和梨花走进演义吧的大厅,大厅门边的侍者弯腰鞠了一躬说:
"欢迎刘总!"
梨花狠狠地瞪了青山一眼。
"你不是说没有来过这演义吧吗?侍者咋认识你?"
"不是这样的……这个侍者以前是我们公司的职员!"
梨花不吭声,默默地跟着青山往舞台边走,一个侍者走过来问:
"您好刘总,您还是坐老位子吗?"
梨花这回真的生气了,她愤愤地说:
"这个以前也是你们公司的职员?"
青山答不上话来,一个劲儿地擦额头上的汗!

5

一群"丫鬟"跟着"女皇"在舞台上跳的是脱衣舞,她们脱到最后一件,"女皇"娇滴滴地问台下的观众:
"这脱下的最后一件衣服给谁呢?"
"当然是给刘总!给刘总!"观众起哄。
坐在青山旁边的梨花脸色铁青,一言不发。
"女皇"舞动着身子,一步步向青山靠了过来,她站在青山的面前舞动着把衣服脱下,最后坐在青山的大腿上,把衣服塞进了青山的怀里。

梨花的泪快掉出来了，她"呼"一下站起来，朝舞厅外奔去，青山慌忙跟着追了出去。

舞厅门口的马路上停着一辆出租车，梨花打开车门坐了进去。青山急忙也坐了进去。梨花使劲推、打着青山说：

"你这个混蛋，你别跟着我，你滚！"

出租车司机哈哈地笑了，说：

"刘总，您今天找的这个妞很泼辣！"

梨花简直快要发疯了！

6

梨花坚决离婚，青山最后答应了，拿到离婚证后，梨花和青山在法院门口分道而行。当青山回头看见梨花的背影已经远了，他就笑起来，他从衣服口袋里掏出手机，拨通了一个电话。

"喂，雅丽啊，告诉你一个好消息，我和我老婆梨花离婚了，现在离婚证就在我的手里呢……你就别再读那个鸟大学了，想一下我们啥时候结婚吧！"

"啥？我不相信，你老婆咋轻易就答应和你离婚了呢？"

"嘿嘿，全靠用了我跟你讲过的那个计，那帮鸟人帮我演得真像啊！"

7

"雅娟，你出来吧，我在你们学校门口等着你呢，我们去'大团圆'！"

"算了……我想……我们还是算了吧……"

"啥？什么叫算了？你说个球！我已经和我老婆梨花离婚了，这不是你一直要我这样做的吗？"

"我……我改变主意了，我……"

"啥？你为啥改变主意了？"

"我……我怕你以后也会想一出戏在演义吧等我……我……我还小，我还是先读完大学……"

第四辑 开着花的你的梦

"你说个球,我已经离婚了,你咋能这样啊!"

对方果断地挂了电话,青山的头一下子就大了。手机从他耳边的手中滑下,青山的头晕晕的,他在恍惚中听到一声脆响,他不知道这声脆响是手机落地的声音,还是自己心碎的声音。

隐形人

还没有来得及让父母享福的李贵很遗憾，他的母亲病了，病得很严重。李贵想让母亲治病，可是母亲的病需要很多钱才能治疗，他没有那么多钱。

李贵是一个孝顺的人，这天，他顶着烈日求了东家求西家，却没有借到给母亲治病的钱。烈日十分毒辣，李贵一阵恍惚后就晕倒了，晕倒后，他竟然看见了上帝。

"我是个好人啊！我善良老实，我没有做过一件缺德的事情，为什么要让我的母亲得病？我是母亲从小辛苦养大的，现在她病了我却没有钱给他治病，这也太残酷了！"李贵觉得好委屈。

"我的孩子，一切都是命中注定的。"上帝安慰李贵。

"可是，我对不起母亲，我良心不安啊！"李贵伤心地哭了。

上帝很感动，沉思片刻后，被李贵感动的上帝开口了：

"这样吧，我给你隐身之术，让你到那些富人家去找钱给你母亲治病。但是请你记住，你的隐身术只能在 24 小时内有效，就是一天一夜的时间，你好自为之！"上帝说。

"可以多给一天时间吗？我怕来不及。"李贵说。

"绝对不行！要不是因为你是一个孝顺的人，这隐身术我也不会随便给你的。"上帝说。

"那好吧，我的隐身术什么时候有效？有了隐身术，别人就看不见我了吗？"

"明日早晨 8 点钟就有效，有了隐身术，你可以出入任何地方，别人

第四辑 开着花的你的梦

看不见你。"

"我以后还可以见你吗？"

"当然不可以，你以后见不到我，给你隐身术后，我们就不会再见，我也不会再管你的事情。"

和上帝说完话，李贵就从昏迷中苏醒了。回到家中，他特意将床头柜上的闹钟调到第二天早晨8点钟。

第二天早晨8点钟闹钟响起，李贵起床后先做的第一件事就是试验自己的隐身术是否有效。他在老婆的面前走来走去，老婆果然没有发现他。出门前，他去母亲的房间看望母亲，母亲的门是虚掩着的，他没有惊动母亲，轻手轻脚地走进屋去。

李贵站在母亲的床前，母亲睁着眼睛却没有发现他。李贵怕一说话吓着母亲，便忍住笑走了。

李贵走过一条条街，从早晨走到下午，他没有找到富人。这城市里富有的人很多，然而他一直生活在社会底层，他不知道谁富有。

一直寻找着目标，李贵寻找到黄昏的时候累了，于是，他在街边坐下来休息了一会儿，又开始寻找。

来到一人民银行前，李贵突然有了主意，他想，要找一个富人不容易，不如直接进银行拿钱，反正穷人都没有钱存银行，银行里的钱都是属于富人们的。

李贵进了银行。

虽然别人看不见他，但是李贵还是有点心虚。他在银行里寻找了一会儿，颤抖着手将一捆一捆的钞票装进了带来的麻袋里。吃力地扛着一袋钞票走出了银行，李贵的心扑通扑通地跳个不停。

天很快就黑了，灯光流水一样"哗"一下淌满了大街。扛着一袋沉甸甸的钞票，李贵特别开心。他想，这一麻袋钞票除了给母亲治病，他还可以做很多很多的事情，以后，他也是富人了。

一路上，李贵都在想如何花这一麻袋钱。他首先想到了买一幢漂亮的大房子，然后想到了买车。走着走着，李贵又想到了女人。想到女人的瞬间，他马上就想到了家里的老婆，老婆是个母老虎，他心里颤了一下。

李贵边走着边叹气，他想，有钱了也不能像那些有钱人一样享受女人，家里的母老虎会和他没完。迎面走来一个女人，她那高高的个子，苗条的身材，美丽的脸蛋，让李贵在心中赞叹不已。当女人和他擦肩而过的时候，她身上的香味熏得李贵的心里痒痒的。李贵突然想，他的隐身术还要到第二天早晨8点钟才会失效，何不在这十来个小时里，好好享受一下女人？

望着女人远去的背影，李贵下了决心，他不能错过这唯一的机会，他要享受女人，美丽的女人。李贵小跑过去，跟上了女人。

女人一到家，就扔下皮包，躺在床上看电视。李贵伸手就脱女人的裤子，女人尖叫一声晕了过去，她一定是以为家里有鬼，一个看不见的鬼。

扒光女人的衣服，李贵急迫地爬了上去。

李贵筋疲力尽地从女人的身上下来的时候，女人的丈夫回来了。李贵并不怕，因为女人的丈夫看不见他。女人的丈夫是个头发花白的老头，这让李贵心里很不爽，他觉得，这个老头肯定是个有钱人，不然，这么漂亮的女人怎么会嫁给他？

李贵完全忘记自己该干什么了，他躺在女人的身边，竟然舍不得离去。老头爬上床来，李贵一脚将他踢了下去，老头叫了一声"鬼呀！"就晕了过去。

半夜三点钟了，李贵还没有离去，他要好好享受这个女人，第四次爬到女人的身上后，李贵累坏了，沉沉地睡了过去。

李贵醒来的时候吓了一跳，他首先看到了那个时钟，时钟是中午11点35分，再看眼前的一切，李贵打了一个寒颤——

女人和她丈夫的身边，一位警察提着李贵的那一麻袋钞票，而李贵的头，是被几位警察用枪顶着的……

金钟河上的来客

风,过了一次河。

他和她,无法退回岸边,也无法前往彼岸。

夜是倾斜的,河两岸的城是倾斜的。她在做两个梦,一个梦是搭救的人马上来到,一个梦是所有的河流都失去浪潮。

风,过了两次河。

他和她,不敢抬脚,也不敢落脚。

波光是倾斜的,水草是倾斜的。毕竟是男人,他悄悄收起脸上的恐慌,并做了一件他一直想做却没有做的事情,他说:苏妙龄,我喜欢你很久了,我希望有那么一天,你会穿上我的嫁衣。她说:黄一帆,你别在这样的时刻用这样绚丽的梦儿安慰我。

风,过了三次河。

他和她马不停蹄地失望,又马不停蹄地希望。

星光是倾斜的,月光是倾斜的。他和她趴在倾斜的小船上,倾斜的小船随波而起随浪而落。小船的起落间,她自然就想到了家里的父亲和母亲,想到了她的画展。于是她对他说:黄一帆,波起浪落,人的一生也就是这样度过。他落寞地笑,哀求地重复他的那句话:苏妙龄,我喜欢你很久了,我希望有那么一天,你会穿上我的嫁衣。

风,过了四次河。

他和她,腿软了,手酸了。

柳树是倾斜的,两岸的灯光是倾斜的。深夜里,没有人看得见河面上可怜的两个人。孤独,在他和她的心中汇成河流。腿软了,手酸了,她扶

不住自己的画架，他抓不牢自己的摄影机。就在画架和摄影机就要掉入河中的时候，苏妙龄突然爬起来，黄一帆也突然爬了起来，他们死死抓住了自己画画和摄影必用的工具。感谢上帝，倾斜的小船并没有因此翻倒。

风，过了五次河。

他和她，爬起来、站起来了。

他是倾斜的，她也是倾斜的。他赞许地望着她，她崇拜地凝视他。然后，他和她开始仔细检查倾斜的小船。还没有等她有所发现，他惊喜地叫：苏妙龄小姐，小船是被一朽木叉顶住了才倾斜的，将木叉弄掉就好了。

风，过了六次河。

他和她，一个开着手电画画，一个用夜拍模式摄影——

夜是倾斜的，河两岸的城是倾斜的；波光是倾斜的，水草是倾斜的；星光是倾斜的，月光是倾斜的；柳树是倾斜的，两岸的灯光是倾斜的……他和她没有弄掉朽木叉，倾斜着用画笔和摄影机记录着倾斜的一切，他们的惊喜一点点升腾起来，因为倾斜的这一切将成为他们伟大的作品。他说：你看，小船这样倾斜，其实并不会翻倒，我们因为不会游泳，自己吓自己了。

风，过了七次河。

他和她，弄掉了朽木叉。

满载一船作品，满载一船星辉，向星辉更深处漫溯。他知道，只要自己愿意等，有那么一天，她会穿上他的嫁衣。就像此刻他知道，等风过了八次河，他们就会到达彼岸——

彼岸的那边，天正慢慢地亮起来……

向往一个遍地鲜花的世界

曾 勇

青年作家肖晨多才多艺，善写能唱，另兼谱曲做音乐。有缘于此，其小小说向来以语言富有诗意、行文讲究韵律见长，《花满城》也不例外。不同的是，在这篇小小说里，作者没有像以往那样用较多的笔墨去经营情调、韵致和氛围，而是一反常规，以虚实结合的漫画式的手法塑造人物、演绎故事、表达主题。

如果把《花满城》看做一幅漫画的话，我们会发现整个作品大致可以分成四个画面。在画面（1）里，我们看到的是一对赤裸着的男女死在了市长办公室的沙发上，前边茶几上应该有一堆纸钞，由此袅袅而起的臭气弥漫充溢在屋子里，门口站着被刺鼻的铜臭味熏得呕吐不已的林小山和老张；画面（2）是为躲避臭气四处奔逃的市民，而此时的老张已经因臭倒毙；画面（3）则是一个热火朝天全民种花的场景；到了画面（4），欢乐而祥和的大街上鲜花盛开，画面（1）与画面（2）里臭气已被四处飘溢着花香取代，近处街口的宣传语清晰可辨：金城欢迎您！花城欢迎您！

大凡解读过漫画的人都知道，漫画与文学作品一样，来源于生活并高于生活，只不过其描绘生活或时事的方式更为简洁而且夸张。"浏览"《花满城》这样一幅"漫画"，我们自然而然地会由市长及其情妇的死亡联想到时下万人唾骂的权色交易（金钱是其媒介），痛感钱财对于权力的腐蚀；从满大街为躲避铜臭味晕晕乎乎、跌跌撞撞逃跑的人群，我们"看到"的是金钱对于社会生活和世道人心的冲击，进而痛惜于传统道德在赵公元帅面前的溃不成军；由花香对于铜臭的抵制，我们更为形象地体会到一个物欲横流的社会是多么的可怕，故而倍感精神文明建设的重要；在那花团锦簇的"盛世花园"里，我们"见到"的是精神与信仰的光芒……所有这一

切，全因为肖晨在小小说《花满城》里有意无意中使用了漫画创作的写意手法，揉以变形、比拟、象征等艺术手段，从而赋予了作品绵长的韵味和更为深厚的意蕴。

近年来，反映金钱物质对于人类生活负面影响的文学作品可谓汗牛充栋，但多为写实。这样的文章自然需要有人写也有必要看，但见得多了，难免印象不深，感召力不强。《花满城》以短小的篇幅，司空见惯的故事，习以为常的立意，给阅读者留下如此深刻的感受和诸多的感慨，与其新颖独到的表现手法是分不开的，它成功于作者良好的文学悟性和小说创新精神。

需要特别指出的是，较之于同类作品，《花满城》没有停留在仅就反映物欲对于精神侵蚀的层面，更没有像某些抨击时弊的作品那样将金钱物质与精神信仰对立起来，而是让它们和谐共存，相得益彰，于是本文也就有了不同凡响的积极主题。

作为读者，一路看下来，发现金城最后也成了花城，我心里自然漾起了憧憬与希望，同时不由得为这漂亮的结尾大喝一声："好！精彩！"

第四辑 开着花的你的梦

几种关系里的忧伤与希望

非 鱼

我见过肖晨一面。

岭南惠州,他站在路边,戴粗的项链,额前头发有点长,身上有刺青,外型青春帅气,他的职业也很特别——说特别,主要是和他作家的身份相比,似乎有些不太搭。但当混搭已经成为一种时尚时,谁会对一个歌手的另一重身份感到奇怪呢?

读了肖晨的很多小小说,读了后我就有点奇怪了——老道的文笔,稳健的叙述,对行文节奏的掌控,他是怎么做到的呢?

当然,这些不是我想探寻的范畴。即便问肖晨,他也会谦虚而内敛地一笑:哪有啊。

有或者没有,读者自有判断,我想说的是他《萌动的绿》一文,打开一个小小的切口,来看肖晨的小说。

在《萌动的绿》中,肖晨讲述了一个简单的故事,刘跟顺被"我"撞了,他没有要"我"全部的赔偿款,主要是"我"没钱。刘跟顺回乡下了,开始养牛养羊。"我"既关注刘跟顺,又关注他的牛羊,在秋天即将到来时,为他买草籽,他种出了满坡的绿。当"我"去看他的牛羊时,看到的却是枯黄的草,寂寞的山坡,刘跟顺的牛羊被买断了,草种不成了,仅有的一头小牛和小羊被他戴上墨绿色的眼镜,这样在小牛小羊的眼里枯黄的草变成了绿草。当"我"也戴上墨绿色的眼镜,"我"的眼前出现了萌动的绿。

在这篇小小说中,肖晨成功而巧妙地处理了几种关系,从这几种关系的对比中,我们看到了忧伤与希望。

第一种关系,也是维系全文主线的关系,就是"我"和刘跟顺的关系。原本"我"和刘跟顺应该是一对矛盾冲突的焦点,"我"无证驾驶撞了他,理所当然"我"就要承担责任,赔付刘跟顺的一切损失,可"我"又没钱,矛盾的冲突将因此而起。但让人意外的是刘跟顺只要了"我"三万块钱,他用善良和宽容化解了矛盾,使得"我"和他的关系发生了质的变化。刘跟顺的善良和宽容感动了"我",当刘跟顺回到乡下时,"我"不仅关心他,并关心他的牛和羊。在这一种关系里,从一对矛盾的双方,到一对相互关心的双方,我们读到了人与人之间的简单,感觉到了温暖和希望。

第二种关系,是刘跟顺和那些让他失去绿草和小牛小羊的人们之间的关系。这是一种特殊的关系,一方是普通的农民,他所有的希望就是那些绿草和小牛小羊,他的天空就那么大;而另一方,是代表了发展和经济利益的各级政府,他们是强势的,可以用买断,用逼,用压,等等各种手段,拆掉刘跟顺的天。我们无法判断高速公路和绿草、小牛小羊哪一样更重要,在政府眼里,高速公路代表了快速的发展,将有着比小牛小羊高得多的经济利益,可对刘跟顺来说,高速公路与他无关,他要的就是绿草和小牛小羊。从另一个层面来说,失去绿草和小牛小羊就是发展付出的代价,这个代价是刘跟顺看不到,但却是肖晨忧伤的,替刘跟顺忧伤,也替将来的子孙后代们忧伤。在政府和普通农民这一种关系中,作者没有浅显的批判,只有"我"戴上墨绿色的眼镜时,眼里萌动的绿,这种绿,是一层一层的希望,也是一层一层的忧伤。

第三种关系,是"我"和老公的关系。这种关系虽然只有简短的一两句话,但却让我们看到了人性的恶。仅仅因为"我"开车撞了人,要赔偿受害人十五万元钱,老公就和"我"离了婚,实在是让人匪夷所思,也感到气愤。刘跟顺和"我"无亲无故,"我"又撞了他,他念我没钱,只要了三万元,"我"和他保持了惦念和关心的特殊关系,承诺要信守一生的老公,却逃了。人性的恶在善面前更恶,但也让善更善,因此,我们尊敬刘跟顺,也更为他忧伤。

第四种关系,是墨绿的眼镜和小牛小羊的关系。从常识来说,小牛小羊会不会因为戴上墨绿色的眼镜而更加欢快地吃草,个人觉得可能性不

第四辑 开着花的你的梦

大，因为小牛小羊不单是通过颜色来决定是否吃草，还有口感。但作者让小牛小羊戴上了墨绿色的眼镜，这是刘跟顺聪明的无奈之举，如果没有这个道具，刘跟顺到哪里去找仅存的希望呢？也许这只是刘跟顺的一厢情愿，也是肖晨的一厢情愿。这样的希望，很飘渺，也让人长叹。

通过对几种关系的梳理，可以看出肖晨在矛盾和关系处理上的巧妙和得当，在几种关系的对比和映衬下，我们读到了一个蕴含了忧伤和希望的故事，看到了两个善良、宽厚、无奈的人——刘跟顺和"我"，也触到了肖晨创作的原动力，那就是他对经济社会高速发展中环境破坏的担心和忧虑。

南来北往中的一声叹息

刘怀远

"创作一篇小小说的过程，就是寻找一朵花独有的绽放形式的过程。（蔡楠语）"读了肖晨的《萌动的绿》，对此深以为然。作者在有限的篇幅里不仅塑造了一位当代青年农民善良质朴的形象，而且还表现了对因经济快速发展、四处扩张的基础建设对自然环境破坏的一种高度关注。我就"小说人物塑造"和"对自然环境高度关注"做一下浅谈分析。

一、人物的前期本真塑造

小说开始，惜墨如金的寥寥几笔，就交代了很多琐碎的事情。刘根顺是个进城打工的农民，因为我无照驾驶，使他由正常人变成了残疾人，使他的打工梦破碎，刘根顺尽管残疾了，但心灵没有受伤，依然充满阳光，心地依然善良、质朴。尽管法院判决我要赔偿他十五万，而他，在看到"我"几近破产的境况，只要了三万元的赔偿，重又回到农村时并且还说，等养殖牛羊赚了钱后，再把钱还给我。三言两语，一个阳光下站立的青年农民本真形象跃然纸上。他来城市打工淘金，并没有实现当初从乡下来时的致富梦，城市的冷漠和残酷也不会让一个没有任何资历的农民满载而归，城市相对农村的高消费会榨干他口袋里的每一分血汗钱，但他面对交通事故责任人没有任何讹诈，甚至连起码的判决赔偿都大打折扣。而"我"最亲爱的人，却因惧怕承担高额的债务早已离我远去。这样对比写照，更凸显了主人公人性的善良和美丽。

二、人物的后期血肉塑造

刘根顺对赔偿金的淡泊，使读者会误认为这个人物生在落后的农村，相对单纯。那么小说后面的描写，则使人物更加丰满有肉：他思想者般地"一个人坐在一块大岩石上，目光幽幽地望着远方。"当我追问他的羊群、牛群的时候，他的"两行泪从他的脸上流了下来"。道出了他牛羊被强买、山野变工地的烦恼。施工工地对周围环境造成了破坏，山上的草"到处都是枯的黄的。"而他硕果仅存的一只羊和一头牛宁可饿着也不吃发黄的枯草，真是到了山穷水尽的地步。这时，作者用无奈心酸又近乎调侃的笔锋一转，让刘根顺给他的牛羊都戴上了绿色的墨镜，"瞬间，满天满地的枯黄都变成了萌动的绿"，才使得牛和羊不至于忍饥挨饿。足见刘根顺这个青年不单善良，还忧心忡忡，更足智多谋。看到这里，你会说，农村青年并不愚昧和弱智，反倒是与时俱进的，并且是有创新意识的，他之所以视金钱如草芥，是他善良的本性使然。

三、对环境破坏的俯瞰和深思

快速的经济发展，给我们带来从未有过的享受和安逸；另一方面，快速的南来北往，也带来了对自然和环境的很多负面影响，生存的困境接踵而来。就像海啸引起的日本核电站泄漏，本来核电厂是为人类生存谋福祉的，现在出了这样一个事故，得不偿失，对地球家园、对人类生理的伤害和贻害，都留下了不可弥补的重创。社会进步发展，是人类智慧文明的标志，但如果无法遏止过多的欲望，为了多一份安逸和几分蝇头小利，肆意开采破坏，透支子孙后代的能源，是不是我们，甚至我们的地球家园最终都毁于这份贪婪和欲望的洪流里面呢？到那时，就不是戴上一副或绿或黄的眼镜这么简单了，放眼望去，满目葱绿或满地黄金就都是自欺欺人的。读完全篇，仿佛听到了面对南来北往的车流，在枯黄山野里营造的人造绿荫面前，作者无奈而微小的一声叹息。

青春年少的肖晨，以成熟老道的目光关注社会底层，关注我们赖以生存的环境，体现了一个小小说作家的厚重和大气，体现了一个作家生之俱来的悲悯情怀。在小小说创作上，已经出现了很多关注家园关注环境的经典之作，像《行走在岸上的鱼》（蔡楠）、《水家乡》（蔡楠）、《改造我们的器官》（朱宏）、《大鱼》（安石榴）等，肖晨这篇《萌动的绿》也可以位列其中。

谈肖晨的"两客"

沈 丹

众多蚂蚁小说中,我读了就忘不了的是肖晨的"两客",即《南来北往的客》和《过客》。

肖晨的"两客"是真正的艺术,"两客"真正做到了具有可读性和文学性。

《南来北往的客》的成功,在于以下几点:

一、虚构的真实

正如中国蚂蚁小说倡导者王豪鸣先生所言,《南来北往的客》给了我们全新的视角,它是虚构的,但具有艺术的合理性。

有的作者把生活的真实写进作品,读者却感到虚假,而这篇,作者将虚假的东西写进作品,我们却读出了真实,这是为什么?这就是因为"源于生活,高于生活"。

写这篇蚂蚁小说,作者是"别有用心"的——作者不以表现人物为主,却给我们虚构了一个梨园镇,一个气候宜人、梨花飘飘、古董满街的梨园镇。梨园镇,就像陶渊明的世外桃源,读者明明知道是虚构的,却宁愿相信它的存在。

虚构的梨园镇,读者能接受它,是因为作者安排的人物——南来北往的客。南来北往的客是真实的,他与虚构的梨园镇结合在一起,就具备了可信度。

二、旧瓶装新酒

这篇蚂蚁小说,它会让我们想到那个买猫讨古董碗的老故事。那个老故事是旧瓶，作者给它装入了新酒（新颖的立意），这新酒，是一种能让我们找到共鸣的新酒：旅人，都渴望在旅途中得到意外的收获。由此可见，写蚂蚁小说，不怕题材旧，只怕立意不够新。

三、散文与小说两种写法的完美结合

《南来北往的客》具有散文的特征，而的确又是小说。

说它有散文的特征，主要是在对梨园镇的描写上。当然，作品开头的写法"梨园镇。冬暖。夏凉。到梨园镇来吧……"也是散文的写法。

它具有散文的特征，却又是小说，为什么呢？因为它具备小说的各种零件，比如悬念、情节、人物等。

散文与小说的完美结合，是这篇蚂蚁小说的特色。

四、诗的语言和意境

《南来北往的客》的成功，还因为它有诗一样的语言和意境。蚂蚁小说要真正成为小说中的绝句，语言是不可忽视的。肖晨的语言无疑是众多蚂蚁小说作者的榜样；而意境，需要作者具备一定的艺术感知能力和艺术修养。

《过客》和《南来北往的客》一样，也有诗一样的语言和意境。可以说，《过客》与《南来北往的客》比起来，它更诗性一些。

《过客》有以下几个特色：

一、动感的语言

《过客》这篇蚂蚁小说，作者完全是用散文诗的语言来写的，这篇蚂蚁小说的张力，完全是靠语言展现出来的。

"这些年，她梦见他的时候，天是黑的；这些年，她回忆他的时候，天是亮的。"一句，有力地写出了两个有情人不能朝朝暮暮的情景。

"他默默地路过一条条空空的路，路过一座座空空的城，沿着来时的方向走去……"路为什么是空的？城为什么也是空的？这一句，写出了

"他"的失落，"他"完全封闭在失落中，眼前的、脚下的一切事物，"他"一时没有去理会，没有去顾及，没有去感觉，这是何等的悲哀啊？

二、一波三折的情节

读这篇蚂蚁小说，开头是让人担心的，我们会担心：这么诗意的写法，情节会不会淡化？读完了，才知道它的情节十分精彩：他到她那里的小镇，想着她的村庄——他到了她的村庄，却得知她家搬迁到小镇上了——折返小镇，他在河边洗脸，却意外地看到了她——河面上没有桥——河那边有小船漂来——船夫是她的丈夫。

三、深远的意境

这篇蚂蚁小说，它的意境是深而远的，它让人们领悟的不但是生活，而且是人生。著名诗人郑愁予的成名诗《错误》与这篇蚂蚁小说有着一样的意境，这篇蚂蚁小说有那种"我哒哒的马蹄声是美丽的错误/我不是归人/是个过客……"的意境。

论《过客》的语言节制

葛明霞

看了肖晨的《过客》，我不由想起了《浅谈小小说的节制与空间》里的一段话：利用语言的社会属性刻化形象，利用意象生境，利用隐喻和象征生意等手段，也都能让我们在叙述时于节制中构筑出小小说的空间来。

蚂蚁小说由于篇幅的限制，为了不让内容显得拥挤不堪，更应该将此种方法发挥到极致，给人轻松而又广阔的阅读感受。《过客》就是一个很好的例子。

一、利用语言的社会属性刻画形象

文中写道："这些年，她梦见他的时候，天是黑的。这些年，她回忆他的时候，天是亮的。""黑"的社会属性是"黑暗"和"阴霾"，在文中延伸为"受到折磨"；"亮"的社会属性是"明亮"和"温暖"，在文中延伸为"受到宠爱"。仅仅这两句话就给细心的读者讲述了一个悲欢共存、让人刻骨铭心的爱情故事。

二、意象生境

"他和她隔着一条河，河面上没有桥。"此河也指虚拟的时光之河。"这些年"都过去了，早已物是人非，他们之间当然不会是从前亲密的没有隔阂的一对恋人了。"没有桥"说明他们之间已不能轻易地相互沟通了。

三、利用隐喻和象征生意

"船夫笑笑说，河对面的那个人是我的妻子；河面上的风就刮进了他

的心里，很凉。"河面上的风真能刮到人的心里，使人感到凉意吗？其实并非如此，而是文中人物内心的失落以及各种难以言说的复杂情绪使他感到了心灰意冷。

　　这几种节制语言的方法很少泾渭分明，有时一句话中也可以包括三种手段。比方"他和她隔着一条河，河面上没有桥。"这句话同样是"利用隐喻和象征生意"这种语言节制的真实写照。

　　《过客》这一类作品，是蚂蚁小说中的精品，它并非只是一篇表达了某种意味和哲思的小说，它还是一场高雅耐品的汉字文化盛宴。

照亮人心灵的《过客》

蒋凤姣

初次接触"蚂蚁小说"这个名词时，并不是很明白这名称的由来。直到看到王豪鸣先生的一篇《关于蚂蚁小说的几个问题》的论文时，方如醍醐灌顶，有种恍然大悟的感觉。

原来所谓的"蚂蚁小说"居然是一种文体，字数500字以内，小如蚂蚁。有人不禁要问：这么少的字数该怎样去讲明一件事的来龙去脉呢？回答竟是肯定的，蚂蚁虽小，却必须五脏俱全。

蚂蚁小说有几个特点：一是篇幅短小，小到如地上的一只蚂蚁；二是内容力度突出，蚂蚁可以拖动超过自身体重50倍重量的物体；三是强调作品的完整性，蚂蚁虽小，却绝对是一个完整的动物；四是预示了作品的广泛性，像地上的蚂蚁成群结队，遍布地球的每一个角落。

蚂蚁虽小却能承受超它N倍的重量，蚂蚁小说又何尝不是如此？一篇小小的文字，承担着作者的热血和良知，他用最简洁的文字紧扣时代的脉搏，关心人间疾苦，宣扬真善美，鞭挞假丑恶。或令人一笑，或引人深思，或拯救心灵，或令人振奋，激动……

其实有许多时候，我们看别人的事情很清晰，而轮到自己时，却仿佛深陷迷宫，失去了方向。这时，哪怕一点微弱的光亮都会照亮我们回家的路。

譬如肖晨的《过客》，就是照亮心灵的一篇蚂蚁精品。小说中的"他"，曾深深地爱过一个女人，那个在最纯真的时代认识的"她"，自然是刻骨铭心无法忘记。最后他实在抑制不住思念决定去看她，辗转中他还真见到了她，而且就在河对岸。

河上没桥可渡，咫尺天涯，庆幸的是来了一只小船。他已顾不上避讳，坦言河对岸的就是自己爱的人，哪怕是面对一个陌生的船夫。

可船夫的淡淡一笑却疏散了他全身的力气和所有的热情。因为河对面的她已经是船夫的妻子。

"河风很凉"，确实，心头的一盆凉水浇醒了他，罗敷有夫，使君有妻，其实他们只是彼此的过客。而他真正的归属，是在来时方向的那座城市……

这就是蚂蚁小说的魅力，三言两语就能诠释一切，不必赘述，读者自会感同身受理解你的心境，因为它来自生活，近得可闻呼吸。

小说来自生活，读懂生活，你也就把住了命运的脉搏，你就拥有了非凡的观察力，如果再加以适当的想象力和表达能力，即使你不当作家，你也是个语文水平很高的人。

第四辑 开着花的你的梦

2007年蚂蚁小说大事记

一、建立蚂蚁小说论坛专版。

2007年6月29日，在"小小说作家网"站长秦俑的推动下，小小说论坛"蚂蚁小说版"正式建立。王豪鸣、余途、段国圣、刘吾福、禾刀任版主。

二、报刊及互联网首次承认蚂蚁小说命名。

1. 2007年5月22日《新课程报·语文导刊》八年级第21期暑假合刊头版刊载王豪鸣"蚂蚁小说"：《钱庄》、《死罪》；

2. 2007年8月《百花园·小小说原创版》（上半月）发表王豪鸣"蚂蚁小说四题"：《中奖》、《芳姐》、《白日惊魂》、《爬行者》；

3. 2007年5月16日，《王豪鸣蚂蚁小说选》在"天方听书网"开始配音播放。

三、不完全统计，蚂蚁小说版发帖12000多帖，网上发表作品1700余篇，加精作品近400篇，《百花园·小小说原创版》、《微型小说选刊》、《小小说月刊》、《羊城晚报》等报刊发表蚂蚁小说作品313篇。

四、《百花园·小小说原创版》2007年第11期推出"蚂蚁小说特辑"。

五、《百花园·小小说原创版》决定自2008年第1期起开设"蚂蚁小说"专栏，拟每期发表2个页码（5~6篇）作品，配3幅左右精美漫画，而且将在中插的重要位置连续推出。该专栏特别邀请"蚂蚁小说"分版版主王豪鸣担任"特约组稿"。

六、《卧底——闪小说精选300篇》由百花文艺出版社出版，其中蚂

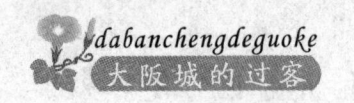

蚁小说版用稿 108 篇。

七、王豪鸣蚂蚁小说进入全国小小说新秀选拔赛 30 强。

八、"小小说作家网"评选出 2007 年度小小说十大热点人物，王豪鸣被列入表扬名单。

九、蚂蚁小说版发表较有分量的蚂蚁小说理论与批评文章 3 篇：

1．《关于蚂蚁小说的几个问题》2007．8．23．王豪鸣

2．《蚂蚁小说是文学特区及其他》2007．12．26．王豪鸣

3．《蚂蚁小说映衬大千世界——〈蚂蚁小说作品选读〉简析》2007．12．28．田洪波

十、蚂蚁小说版就蚂蚁小说的独立性、文学性及字数规范等热点问题展开多次讨论。

十一、蚂蚁小说版于 2007 年 8~9 月举行首次蚂蚁小说作品讨论会。

由冷月潇潇、王豪鸣、刘吾福、余途、段国圣等五位作者各自选作品 10 篇，供网友讨论。

第四辑 开着花的你的梦

2008年蚂蚁小说大事记

一、蚂蚁小说论坛充实版主队伍。

原版主洪波之声、刘吾福因另有安排等特殊原因，申请辞去了版主职务。经文友推荐和自荐，新增蒋小辉、彩红为版主。禾刀尚未批准请辞，暂保留。

二、蚂蚁小说作者不断增加，论坛主题帖年发帖量位居网站第一。

至2008年底，蚂蚁小说版共发主题帖5800帖，总帖数为55000帖。成立一年半以来，平均每日主题帖为10帖以上，平均每个主题帖跟帖亦为10帖以上。一方面说明文友创作热情高涨，发表作品数量多；同时也反映出论坛气氛热烈，文友们互相学习，乐于交流。

三、新星涌现，佳作迭出。

至2008年底，论坛共收集精华作品1032件，其中2008年度为642件。不同风格、不同题材的作品争妍斗艳，各呈异彩。写作手法日趋成熟，不少作品达到报刊发表水平。王豪鸣、余途、段国圣、禾刀、刘吾福、洪波之声、冷月潇潇、王平中、英霆、王雨、侯建忠等老将势头不减，蒋小辉、彩红、陈定坤、正午、蔡中锋、李国新、无味子、契凡、吴宏鹏、南湖三少、坝上人家、岳秀红、林芳萍、陈文军、熊路、文刀画羽、田际洲、苏平、彧扬、白子阿丁等一大批新秀闪亮登场，未来之星将从中诞生。特别值得一提的是，小小说作家网兄弟版块、天涯社区、e拇指文学艺术网等小小说作者及版主也在陆续加盟献艺，促进了作品质量的整体提升。

四、报刊发表作品面广量多，权威杂志亦推波助澜。

据不完全统计，2008年度国内各报刊共发表蚂蚁小说版作品472件，部分作品还被转载和选入专集出版。

1. 《羊城晚报》继续重磅推出蚂蚁小说，采用作品105篇。

2. 《百花园·小小说原创版》蚂蚁小说专栏，选载蚂蚁小说版佳作47篇。

3. 《杂文选刊》对蚂蚁小说版作者青睐有加，除为王豪鸣开辟个人专栏外，选发蚂蚁小说29篇。

4. 《小小说月刊》功不可没，选登蚂蚁小说22篇。

5. 《雨花》用稿17篇，《杂文月刊》14篇，还有《微型小说选刊》、《芳草》、《文学报·微型小说选报》、《杂文报》、《大南方小小说》、《短小说》、《喜剧世界》、《微型小说》、《天池小小说》、《文艺生活·精品小小说》、《故事家·微型经典故事》、《北京精短文学》、《特别关注》、《小品文选刊》、《金山文学月刊》、《格言》、《武侠故事》、《检察日报》、《农民日报》、《中山日报》、《北京晚报》、《新民晚报》等60多家全国及地方性报刊也开始发表和关注蚂蚁小说，蚂蚁小说作品呈现出星火燎原之势。

6. 《读者》、《中外文摘》、《大众文摘》、《青年文摘》、《青年博览》等文摘类刊物及《新课程报·语文导刊》、《课外读物》等教学类杂志亦纷纷转载蚂蚁小说作品，使蚂蚁小说不仅进入社会，也进入了学校。

7. 部分作品被选入文集出版，王豪鸣的《被偷的警帽》、段国圣的《谋杀未遂》被多家权威报刊采用和多次转载，《被偷的警帽》同时入选《2008年值得中学生珍藏的100篇幽默故事》一书。这些可喜的现象，标志着蚂蚁小说的品质和受追捧程度在不断提高。

五、擂台赛成功举办。

11月份举办的《按摩》同题擂台赛，吸引了本论坛及兄弟版块的众多文友，有效参赛作品共84件，评出朱石领、云凤、丁香、王前恩、厉剑童、林芳萍等6名优秀作者，朱石领夺得擂台赛擂主称号。这次比赛，是提高论坛凝聚力和作品质量的一次有益尝试。

六、蚂蚁小说理论建设有了新的起色。

1. 《小小说出版》2008年第1期刊载王豪鸣的《蚂蚁小说：小说家族

的新成员》一文,实现了蚂蚁小说理论文章在出版物上零的突破。

2. 程思良的《卧底——闪小说精选 300 篇》序言与后记,高度评价了包括蚂蚁小说在内的超短小说,是超短小说的宣言书。

3.《中国文学》2008 年第 7 期发表王平中的《我与百字小说》,该文是一篇高质量的超短小说创作谈。

4. 论坛发表的较有分量的蚂蚁小说理论与批评文章共有 14 篇,即田洪波的《天马行空任意驰骋——王豪鸣蚂蚁小说艺术浅析》、《微雕细刻寸有尺长——刘吾福蚂蚁小说简评》、《在诗意的世界中尽情舞蹈——余途蚂蚁小说艺术简析》、《量体裁衣尺水兴波——段国圣蚂蚁小说艺术浅析》、《曲折生动厚重丰满——禾刀蚂蚁小说艺术简析》、《世相生活的超常浓缩——<卧底——闪小说精选 300 篇>赏析》,段国圣的《<文蚁报>记者采访著名蚂蚁小说爱好者段国圣》,英霆的《百字小说创作艺术初探》、《谈谈当前百字小说创作中存在的几个问题》,王雨的《百字小说:小说中的绝句》,肖力的《赵六之病——浅析王豪鸣小小说<防盗网>》、《走进绿色的雾——读余途精美短小说<夜的表面是黑色>》,姚讲的《关于蚂蚁小说的几点看法》,正午的《蚂蚁小说的乐趣》。对这些蚂蚁小说理论的探索者,我们应当表示深深的敬意。

七、《百花园·小小说原创版》决定不再限制蚂蚁小说用稿版面。

这个重要信号,表明《百花园》杂志社对蚂蚁小说的进一步认可,将极大地调动蚂蚁小说作者的创作热情,壮大蚂蚁小说的创作队伍,迎来蚂蚁小说创作的新高潮。

八、蚂蚁小说版成为培养小小说作者的第二所"黄埔军校"。

2008 年度,蚂蚁小说版不仅壮大了自己的队伍,也为小小说阵地输送了新生力量。一些蚂蚁小说作者经历了蚂蚁小说的创作实践后,又开始在小小说领域崭露头角。如朱道能、洪波之声、蒋小辉等,在 2008 年小小说新秀赛中成绩不菲,朱道能还杀入了前十强。小陈飞刀第一个发表的作品是蚂蚁小说《迟到》,现系广东省作协会员,他的小小说集《醒来之后》由东江出版社出版发行。蚂蚁小说版将继续发挥作用,成为培养和孕育小小说作者的摇篮。

2009 年蚂蚁小说大事记

一、新增版主：山东蔡中锋，正午，陈定坤，肖晨。论坛版主共七名：王豪鸣，蒋小辉，彩红，山东蔡中锋，正午，陈定坤，肖晨。

二、2009 年 4 月，由北京现代出版社隆重推出的"四酷全书"——《中国迷你文学 1000 篇》，收录蚂蚁版文友小说作品共 242 篇。

三、2009 年 5 月 6 日，王豪鸣应深圳市文联及市作协邀请，出席中国作家协会在深圳举行的"中国当下非会员作家课题调研深圳座谈会"，对蚂蚁小说做了专题介绍。

四、2009 年 5～6 月，举办蚂蚁小说网上研讨会，共三期。

五、2009 年 5 月，杨晓敏、秦俑主编的《中国当代小小说大系》由河南文艺出版社出版，入选王豪鸣蚂蚁小说三篇。

六、2009 年 6 月，第一部蚂蚁小说作者作品合集《中国蚂蚁小说十六家》由中国戏剧出版社出版。收录 16 位作者作品，共 300 篇。主编：王豪鸣，蔡中锋。随后，牡丹晚报、百花园小小说原创版等报刊进行了宣传报道。

七、2009 年 6 月 22 日，蚂蚁小说、小小说作家亦农（原名唐哲）加入中国作家协会。

八、2009 年 6～7 月，发起千人念力，为蚂蚁版重病文友何小勤祝祷。

九、2009 年 7 月 4 日，广东首届小小说联谊会成立，王豪鸣任副会长，彩红任副秘书长。王豪鸣在会上做了蚂蚁小说的专题发言。7 月 13 日《羊城晚报》做了报道。

十、2009 年 8 月 3 日，原创力量文学联盟网对王豪鸣做了专访，题为

《专访"蚂蚁王"王豪鸣》。

十一、2009年8月8日,惠港澳深莞地区小小说作家联谊会暨惠州市小小说学会成立两周年大会在惠州召开,王豪鸣、彩红等蚂蚁小说作家出席会议,王豪鸣在会上做了深圳小小说及蚂蚁小说的专题报告。《南方日报》、《惠州日报》、《东江时报》对会议做了报道。

十二、2009年8月,河北小小说作家网开通蚂蚁小说交流版,蚂蚁版版主肖晨及作者e先生、搓澡博士、人心不古、郭志理、青霉素等任版主。随后,举办"蚂蚁小说同题赛"一期。

十三、2009年1月至12月,发表蚂蚁小说理论文章(含作品评析、访谈)共计68篇。2009年8月,文学评论家刘海涛教授开始系列撰文研究蚂蚁小说。对蚂蚁小说的理论研究和探讨,推动了蚂蚁小说的健康发展。

十四、2009年9月,针对个别网友对蚂蚁小说的否定,展开大讨论:蚂蚁小说,你"小说"了吗?

十五、2009年9月开始,蚂蚁小说版与湖南人民出版社建立合作关系,成为该社重要的创作出版基地。王豪鸣策划选题《动什么别动脑子》系列,清清小主的蚂蚁小说《小姑》引发出版社《都市情感书系列人际关系系列》的重点选题策划。自此,已有多部蚂蚁小说系列书稿进入出版社视野,并开始策划出版。

十六、2009年10月,《小说月刊》开始刊登蚂蚁小说。除《百花园小小说原创版》继续长年开设"蚂蚁小说"专栏外,《佛山文艺》、《文学港》等文学杂志亦陆续决定开设专栏或选登蚂蚁小说作品。

十七、2009年10月,深圳《华文》杂志2009第3期发表青年评论家雪弟《深圳小小说印象》,文中对王豪鸣及其蚂蚁小说做了高度评价。

十八、2009年10月,《近30年广东小小说精选》出版,入选王豪鸣蚂蚁小说6篇。文学评论家刘海涛教授为该书作序,序中认为,"王豪鸣有关蚂蚁小说的理论倡导和文体实践,为中国当代的小小说发展提供了新的生长因素,为广东当代的小小说创作做出了自己特定的、积极的、探索性的贡献"。

十九、2009年11月，e拇指文学丛书三卷选粹（小说卷）《尘埃里的花》由南方出版社出版。收录12位蚂蚁版作者作品，共68篇。

二十、2009年11月，小小说月刊杯中国首届闪小说大赛获奖揭晓，蚂蚁版作者蔡中锋、禾刀、白小良等作者夺得金奖，段国圣、聆海等作者获银奖，张维、一群、肖淑芹、惠老旺、侯建忠、王雨、林芳萍、南湖三少、吴宏鹏、肖福祥、高玉安、郭志理等作者获得铜奖。

二十一、2009年11月17日，由肖晨策划的诗蚁社群正式创建成立。

二十二、2009年11月28日，由深圳市作家协会和深圳市龙岗区文学艺术界联合会主办，深圳作家网、奥一网和小小说作家网协办的首届汉语蚂蚁小说"金蚂蚁奖"评选活动正式启动。

二十三、2009年1月至12月，国内各类报刊大量采用蚂蚁小说作品。蚂蚁小说队伍在不断扩大，已出现一批优秀之作，骨干力量正在形成。一些小小说名家，也开始加入蚂蚁小说创作队伍。

2010年蚂蚁小说大事记

一、2010年1月,通过民主投票,评出2009年度优秀版主三名:肖晨、彩红、蔡中锋。同时,民主推选2010年版主十一名:王豪鸣,彩红,山东蔡中锋,正午,陈定坤,肖晨,搓澡博士,清清小主,人心不古,广州刘浪,雪花爱上夏天。后雪花爱上夏天因故请辞,新增版主青霉素。

二、2010年1月,《佛山文艺》开设蚂蚁小说专栏。

三、2010年1月,《新课程报语文导刊》开辟新专刊,大量发表蚂蚁小说、蚂蚁故事、蚂蚁散文。

四、2010年1月,《天池小小说》特辟"蚂蚁小说专栏",刊登蚂蚁小说。

五、2010年1月,湖南人民出版社与蚂蚁小说版建立合作关系,将蚂蚁小说版与天涯短文故乡列为主要征稿基地。

六、2010年1月,王豪鸣的第一本蚂蚁小说系列个人专辑《赵六进城》由湖南人民出版社出版,进入《重庆晚报》图书排行榜第二名,约100家报纸和网站发布新闻、专访,并予连载。

七、2010年1月,《佛山文艺》开辟"蚂蚁专区",刊登蚂蚁小说。编前语称:"深圳市作家王豪鸣2007年率先以蚂蚁小说的名称发表小说作品后,小小说作家网开设专门的版块,吸引了大批作者。此后,国内众多报刊纷纷刊发蚂蚁小说作品"。

八、2010年1月,著名文学理论家刘海涛先生所著的大学教材《新写作》一书,由高等教育出版社出版。该书用较大篇幅介绍和肯定了蚂蚁小说,并对蔡中锋、王豪鸣等作者的作品做了重点评析,阐述了蚂蚁小说的

写作手法。

九、2010年2月，蚂蚁小说版诗蚁社群、贵州版、黑龙江版联合举办的"蚂蚁之星擂台赛"正式启动，后更名为小小说作家网"蚂蚁之星评选"，共举办3期。评选结果：

1. 2010年中国蚂蚁小说三巨星：

冠军：贾淑玲

亚军：百无一是

季军：孙逸

2. 2010年中国蚂蚁小说七天王：

廖玉群、E先生、李荣、谢素军、陈晓真、李焕军、秋子硕

3. 2010年中国蚂蚁小说十星座：

杨柳芳、电击、笑龙阳、黄志浩、吴宏鹏、石渔、冷清秋、张红静、刘玉行、李小玲

4. 2010年中国蚂蚁小说最佳新人奖：

白鸽张丽

5. 2010年中国蚂蚁小说最佳人气奖：

迟占勇

另评选出：

1. 2010年中国蚂蚁小说伯乐奖：

蔡楠、秦俑、雪弟、高海涛、王豪鸣、尹利华、青铜器、雷静梅

2. 2010年中国蚂蚁小说评论奖：

田洪波、翩翩飞舞、江花、朱雅娟、姚讲

十、2009年11月28日正式启动的首届汉语蚂蚁小说"金蚂蚁奖"征集评选活动，于2010年2月28日截止投稿。有效参评作家共208人，参评作品2080篇。2010年3月29日，由秦俑、雪弟、刘海涛、王豪鸣、彭名燕等组成的初评委投票评出53位作家作品进入终评。2010年4月28日，邀请国内有影响力的著名作家、编辑家、批评家格非、苏童、陈东捷、韩旭、杨宏海等专家组成终评委，严格按照《首届汉语蚂蚁小说"金蚂蚁奖"评奖条例》和《首届汉语蚂蚁小说"金蚂蚁奖"评奖评审办法》

规定的细则和标准，投票评出金奖 5 名，入围奖 10 名，佳作奖 38 名，推举王豪鸣为本届金蚂蚁奖特别设立的文体创新奖的获得者。

首届汉语蚂蚁小说"金蚂蚁奖"获奖作家名单：

金奖（5 名）

段国圣、蔡中锋、刘吾福、刘玲海（青霉素）、肖晨

入围奖（10 名）

禾刀、白小良、彩红、搓澡博士、清清小主、田洪波、万俊华、魏永贵、文刀画羽、徐全庆

佳作奖（38 名）

阿社、王培静、王位、杨汉光、赵昊鹏、常伟、冯伟山、红颜花开、贾淑玲、李国新、李荣、廖玉群、林芳萍、刘浪、漠野、千里浪涛、楸立、王春迪、叶孤、张维、王玉霞、金帆、耿耕、何建平、时建功、王卫辉、肖淑芹、雪花爱上夏天、张庆忠、钟新强、王平中、罗治台、姜铁军、金波、蒋双超、陆章健、长不大的鱼、相裕亭

文体创新奖

王豪鸣

十一、2010 年 3 月，《文学港》开设珍珠小说栏目，专发蚂蚁小说。

十二、2010 年 5 月，蚂蚁小说版版主肖晨开始策划、主编湖南人民出版社蚂蚁小说《流行歌曲同名小说》四本。

十三、2010 年 6 月，《新课程报语文导刊》暑假版选发蚂蚁小说专号。

十四、2010 年 6～7 月，举办蚂蚁版二零一零年第一期同题赛《刀划过的声音》，参赛作品一共 226 篇，最终评选出金奖 2 名，银奖 3 名，铜奖 2 名。评选结果：

金奖：百无一是、孙殿成

银奖：青霉素、孙逸、曾勇

铜奖：三画万人、清清小主

十五、2010 年 7 月，《喜剧世界》开设蚂蚁小说（闪小说）专栏。

十六、2010 年 7 月 23 日，版主调整为十二名：王豪鸣，彩红，山东蔡中锋，肖晨，搓澡博士，清清小主，人心不古，广州刘浪，青霉素，孙

逸，咖啡雨屋，电击。10月1日，广州刘浪因事务繁忙，请求辞去版主职务。

十七、2010年8月，梁晓泉的蚂蚁小说集《甄四那档子事》，由湖南人民出版社出版。

十八、2010年10月，蔡中锋蚂蚁小说集《人在仕途》，由湖南人民出版社出版。

十九、2010年，蚂蚁小说作者队伍进一步扩大，理论建设不断加强，涌现了一批优秀的作者和作品，有近百篇蚂蚁小说入选湖南人民出版社"都市心情书系"之闪烁其词系列丛书，王豪鸣《笑星的苦恼》、王平中《失眠》、段国圣《1969年的那一缕青烟》、蔡中锋《学无止境》、孙子故里《十九条短信》等蚂蚁小说作品入选权威刊物《读者》和《小说选刊》。

2011 年蚂蚁小说大事记

一、1月,民主选举出十一位版主:王豪鸣,彩红,山东蔡中锋,肖晨,搓澡博士,清清小主,青霉素,孙逸,咖啡雨屋,电击,冷清秋,百无一是。

二、蚂蚁之星大赛被写进2010年中国小小说十大重要事件。

《中国小小说十大重要事件》称:小小说作家网"网络研讨会"专版和"蚂蚁之星大赛"选拔赛备受关注。

由肖晨主要策划并组织的"2010蚂蚁之星选拔赛"在12月初揭晓,贾淑玲、百无一是、孙逸等人围前三甲。

三、开通中国蚂蚁小说网,得到了众多蚂蚁小说作家的支持。肖晨任中国蚂蚁小说网网站站长。副站长:葛明霞、贾淑玲,各区版主:迟占勇、惠老旺、咖啡雨屋、百无一是、涯客、木琴、楸立、肖淑芹、笑龙阳、黄志浩、江花。

四、与著名图书策划、出版人张海君合作,由肖晨任主编,出版蚂蚁小说系列图书。

五、11月,由彩红策划组织,王豪鸣、金鑫担任评委的"红双喜蚂蚁小说月赛"开赛,得到广大蚂蚁爱好者的支持。该项活动,将不断发掘出一批优秀作者和优秀作品。

六、《南飞燕》杂志编辑进入蚂蚁小说版,在线选稿。

七、肖晨的蚂蚁小说个人文集《南来北往的客》由文心出版出版发行。

八、应广大蚂蚁小说爱好者的要求,《小小说大世界》从第6期开始增设蚂蚁小说栏目。

九、《百花园》改版后,继续保留蚂蚁小说专栏。

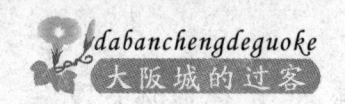

微访谈：肖晨，中国蚂蚁小说的领军人物

2011年8月，知名青少年文学网站，中国青少年新世纪读书网（以下简称"读书网"）对肖晨（以下简称"肖"）做了一个微访谈，访谈深入谈及蚂蚁小说，给青少年了解蚂蚁小说打开了一个窗口。

读书网：你从何时开始写作的？为什么选择写作蚂蚁小说？

肖：小学四年级的时候，作文获了个大奖，之后便开始散文、诗歌等创作。后来学了音乐，创作转为写歌；偶然看到蚂蚁小说，被这种精巧的小说迷住了，所以开始创作蚂蚁小说。

读书网：第一篇作品发表在哪？这对你的生活带来什么变化？

肖：第一篇作品，如果没有记错的话，应该是十四岁的时候在老师那里看到一本《贵州教育》，上面有征稿，我就写了一篇投稿，很快就接到编辑部的用稿通知，作品不久发表在《贵州教育》。发表这篇作品对我的生活没有带来多大的变化，因为那篇作品稿费才40元（40元貌似在那个时候不低），但是对我想要成为一位作家是很有意义的，那次之后，懂得了投稿，开始大量向《辽宁青年》、《校园文学》等刊物投稿。

读书网：至今为止最满意的作品是？

肖：至今为止，满意的作品应该有《萌动的绿》、《冬天里的约会》、《飞舞》、《爱要怎么会说出口》、《过客》等。

读书网：你是蚂蚁小说的领军人物之一，作品常常打动读者，但你的读者有打动过你吗？

肖：是的，常常被我的读者打动，我喜欢旅行，每到一座城市，都会有读者或者文友与我会晤，大家的热情和离别时候有的读者含泪的眼睛，让我终生难忘。尤其是一位叫蒋燕儿的读者，因为我主编的《流行歌曲同名小说》的封底有我的邮箱，她一直给我发邮件，起初没有发现她，因为邮箱里每天收到很多读者的来信，有时候上千封。因为她基本上每天发一封邮件，后来注意到她了，也就熟悉起来。熟悉以后，才知道她是一个已经离婚的阿姨，她一度忧郁并且想到了自杀，说偶然读了我的《飞舞》后，心灵受到了震撼，之后安静了。她之前以为我和她差不多的年龄，后来搜了一些关于我的信息，知道我是一个大男孩，就关爱起我来了，基本上每封邮件都称呼我"好孩子"，呵呵。

读书网：写作是孤独的，生活中呢，也有孤独感吗？

肖：孤独感经常有的，这不是因为没有人在身旁。孤独，是因为人生，因为生活。很多时候，思考人生，放眼生活的时候，会有无限的孤独感。

读书网：读你的作品能鲜明地感受到你非常善于描写人物的心理情感，驾轻就熟，毫无突兀之感，那你认为这样细腻的心理描写是源自你对生活的真实感受还是一种比较天然的对于情绪的敏感，或是其他？

肖：是一种比较天然的对于情绪的敏感。

读书网：听说你爱说的一句话是"只有锦上添花，没有雪中送炭"；和你交谈中也聊起，当初你到处投稿没有人要，现在，很多杂志报刊追着要你的稿子，一些以前退过你的稿子的编辑，也追着要。对现今的这个氛围，你如何看待？

肖：是的，只有锦上添花，没有雪中送炭。爱说这句话，是告诉自己不能怨，只有积极向上的人才能成功，当然，也是对生活中普遍存在的现象感到悲哀。对于当初投稿无门如今很多杂志约稿的事情，我觉得正常，毕竟杂志社办杂志是要盈利的，名家的稿子上去了，杂志自然好卖得多。

读书网：写小小说或是蚂蚁小说很需要灵感吧？由什么触发的呢，你又是如何收集灵感的呢？

肖：只要是创作，都需要灵感的。我觉得，留心生活中的万事万物，习惯性地思考，灵感就会产生的。

读书网：除了作家，你也是个音乐人，你的写作中会加入音乐元

素吗？

肖：当然会，我的创作是从诗歌和音乐开始的，所以，"诗意、音乐"基本上成了我的作品的标签。著名作家、评论家苏童、格非、陈东捷、韩旭、杨宏海等在我获金蚂蚁奖的时候，曾评论我的作品"作者将社会的沧桑巨变融于两人世界的淡淡情愫之中，笔调自然而有韵味"。其实，这就是因为有音乐和诗歌的元素。

读书网：读了你的有些作品，特别是成名作《过客》，感受到你的语言很具有诗意，算是你的一种风格吗？

肖：是的，诗意基本上是我的风格。

读书网：在你的代表作之一《南来北往的客》中，让人感到很真实，你是怎么创作的呢？可以为我们解读下吗？

肖：这篇作品，其实应该是源于我的一个梦，梦里自己到了一个很奇特的小镇，就是《南来北往的客》中描述的那个样子，很多古董店，古董店中间突兀地夹杂着一家花店，花店的女老板很迷人，我喜欢上了她。创作的时候，我没有写成爱情小说，主要是因为考虑到立意的问题。所以主题不再是爱情，但是写的时候用了双线：爱情和商务。用这两条线，去诠释人生。这篇作品后来被很多报刊和杂志转载，在《东南早报》被大众读者评选为"功夫早茶"那个版面当月最受读者欢迎的作品。

读书网：你认为作家最好的生存方式是什么？你现在的生活状态是什么样的？

肖：我觉得作家最好的生存方式是融入生活，忌讳坐在屋里生产作品，那样的作品缺少灵气和深度。我现在的生活状态是忙碌、忙碌、忙碌。忙着写歌、录歌、编书、写小说，还任中国香港红桃音乐集团有限公司董事长和红桃 MUSIC 的音乐总监。没有办法，80 后的我们，生存在夹缝里，呵呵……

2011 年 8 月中国青少年新世纪读书网

第四辑 开着花的你的梦

微访谈：贾淑玲，中国蚂蚁之星冠军

2010年12月，中国小小说界门户网派大赛记者雪花（以下简称"雪花"）采访了中国蚂蚁之星冠军获得者贾淑玲，访谈深入谈及贾淑玲的创作和中国蚂蚁小说界名人及名作。该采访被蚂蚁小说界评为2010年最优秀的访谈。

雪花：贾老师好，首先祝贺您获得中国蚂蚁之星冠军！

贾淑玲：雪花不要客气。叫我的名字就行。

雪花：呵呵，谢谢，如果您不介意，那我就喊您淑玲姐吧。

贾淑玲：好的，谢谢。

雪花：淑玲姐，先介绍一下您的个人简历吧。

贾淑玲：贾淑玲，女，出生于20世纪七十年代末。从教四年后辞职。作品散见于《佛山文艺》、《意林》、《小说月刊》、《格言》、《才智》、《小小说月刊》、《今日文摘》、《课外读物》、《城市晚报》、《广州日报》、《文学报·微型小说选报》、《细节》、《内蒙古晨报》、《中国迷你文学1000篇》、《e拇指丛书》、《闪烁其词闪小说系列丛书》等报刊、书籍。

雪花：觉得这篇小说的意境非常美，看了之后我就觉得它的背后一定有个温暖的故事，请您介绍一下《窗外》的创作背景好吗？

贾淑玲：《窗外》这篇文章的创作算是偶然。早上睡醒了，莫名地想起了《窗外》这首歌来，情不自禁地唱：今夜我来到你的窗外，窗帘上你的影子多么可爱……

当我唱完这一句，我脑子里突然一闪，那句歌词中的三个词就跳了出来：窗外、影子、可爱。

我就想，如果把窗外设定为场景，影子是人物，那么可爱就算文章的风格，也可以定格成温暖或者是感动。一下子爬起来，打开电脑，沿着三个词的思路展开想象，一会儿就敲完了。我一直很喜欢这种写东西的状态。

我觉得，灵感有时候是自己跑出来的，有的时候是因为某种事物而牵扯出来的。如果是自己经常跑出来，那是一件十分幸运的事儿。如果是因为某种事物而牵扯出来，那么这个牵扯就需要充分的想象，我庆幸自己算是一个喜欢想象的人。从这一点上来看，《窗外》的创作又不仅仅是偶然。

雪花：您的《窗外》以真情打动了评委和许多读者的心。请问您是如何避免浮躁，让小说切实地体现真、善、美的？

贾淑玲：这个问题，让我有点儿不好意思。因为说实话，我从来没有考虑过这个问题。我写东西一般的状态就是灵感来了，很兴奋，没有灵感的时候就喜欢看一些文友的帖子，或者安静地读一些书。我一直都觉得自己是一个不太努力的作者。对于作品的格调，所反映的主题是否积极，其实我从没有刻意过，一切皆因灵感的大方向。说到这里，让我想起《小说月刊》的何老师曾对我说：以后写蚂蚁多写一些积极温暖题材的。我一直很尊敬何老师，他是一位好编辑，能给作者解惑提一些建议。可当我试着一刻意温暖向上的时候，却又做不到太得心应手了。人性需要真、善、美，特别是在当代生活压力过大的环境下，更需要一些感动。但真、善、美，好像特别难写，写不好，就挺假的。我只能努力让自己成为一个温暖的人。

雪花：您是什么时候开始写蚂蚁小说的？蚂蚁小说最吸引您的是什么？它在您心里，有一种怎样的魅力？

贾淑玲：我是从2006年末接触网络文学，进入e拇指文学网的。那时笔名叫暖暖阳光。从2008年初开始接触蚂蚁小说，尝试这一新文体的创作。蚂蚁小说最吸引我的是它的挑战性，用最少的文字挑战小说的极限，这一点足够吸引我。蚂蚁小说在我的眼里，就如超常规的东西，生活中，

第四辑 开着花的你的梦

我喜欢一些超常规的物品，这也许是我的性格决定的，比如超大的铅笔，微小的电饭锅，打破生活常规的东西，都会给我视觉上强烈的冲击，打心里喜欢。蚂蚁小说最初就是以这种样子钻进我心里的。蚂蚁小说的小巧，机智，深刻……也许就是蚂蚁小说的魅力所在吧。

雪花：有人说"文字是我的情人，我喜欢在文字中坦白自己的情感；也有人说，我手写我心"。那么对于您来说，写作又有何独门秘笈？

贾淑玲：我只把写作当成自己的一个爱好之一而已，就如我喜欢剪纸、画画、跳舞、看书一样，只是我的爱好之一。任何爱好都不是别人逼出来的，是自己发自内心的喜欢。我觉得，秘笈就是随意。

雪花：人的素质包括重量素质、心理素质和文化素质。素质只是人的心理发展的生理条件，不能决定人的心理内容与发展水平。要写好蚂蚁小说，您觉得要求作者应该具备哪些素质？

贾淑玲：这个问题有点儿大。其实不管是写蚂蚁小说也好，还是写小小说或者是其他体裁的小说，我觉得沉稳，耐得住寂寞是最重要的。用这一句话概括好像挺简单，其实做到也不容易。我零八年初开始写蚂蚁小说的，写了一年，一篇也没发表过，包括在蚂蚁版加过精华的作品，还有包括后来《抢劫》这样被转载很多次的作品，在零八年创作完后，作品在文件夹里睡了整整一年。我想，如果我那时候放弃了，我会很后悔。但当时，真的从没有想过放弃，因为我不会放弃我喜欢的爱好。就这样，零九年，才慢慢开始发表。有时候我还奇怪，为什么同样的东西，写出来要放一年才能开出花呢，后来我就想那是在考验我吧，现在不管遇到啥事，我都想坚持就会有结果，虽然不是绝对的。我想这样扯来扯去，除了沉稳，耐得住寂寞之外，就和心态有很大的关系了。心态平和，不问得失，体会写作过程的快乐，自然会有让自己满意的东西出现。

雪花：列举几篇自己认为最满意的蚂蚁小说作品来展示一下自己的风采。

贾淑玲：这个展示就免了吧。我写的蚂蚁小说中表现温暖的我比较喜欢《画像》、《我是你的灯》、《窗外》。哲理的我喜欢《争斗》、《礼品盒》、

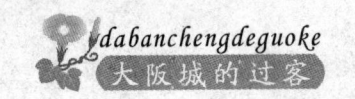

《拉车的牛》等。揭露讽刺的我喜欢《抢劫》《合作》等。其实，自己的"孩子"，自己都挺喜欢的。

雪花：在您写蚂蚁小说后，遇到的最兴奋的事情是什么？

贾淑玲：在我写蚂蚁小说后，遇到的最兴奋的事情，我想，应该有两件，第一件是发在《小说月刊》的《画像》被《意林》首页转载了，因为《意林》是我喜欢的杂志，而《画像》又是我灵感一现的作品。第二件事就是因为蚂蚁小说，让我认识了很多朋友，这是让我十分愉快的。

雪花：哪些蚂蚁小说作家的作品是您喜欢的？请简单说几篇。

贾淑玲：蚂蚁小说这种文体，有太多的老师值得我学习。王豪鸣老师、段国圣老师的蚂蚁我早在拇指网就读过，一直都很喜欢。洪波老师的，余途老师的，程思良老师的，肖晨老师的，吴宏鹏老师的，蔡中锋老师等等，还有很多文友的作品，有时看到精彩的，都暗暗叫绝。

雪花：与蚂蚁小说同时出现的，还有闪小说，您觉得蚂蚁小说和闪小说有区别吗？闪小说是不是突出一个"闪"字，意味着短小和空灵？而蚂蚁小说，它突出的是什么？

贾淑玲：蚂蚁小说和闪小说，应该说都是一棵树上结的果子，差别不大。闪小说其实有着和蚂蚁小说一样的结构与意味，这是我个人的感觉。

雪花：对蚂蚁小说您有什么期望和目标？

贾淑玲：我期望能看到百花齐放，蚂蚁小说能有更好的明天。这需要大家共同的努力与期刊杂志的支持。我对蚂蚁小说的目标，总结出来应该是：题材多样、格调高雅、角度独特、感染力强、结构合理、语言个性化，甚至每一个标点的使用，都力求精准，情节经得起反复推敲，这是我对蚂蚁小说努力追求的目标。当然，这就像武林秘籍的招数一样，运用的人不同，所出的效果也不相同。每个人的侧重点不同，每篇文章的精彩之处就不同。

闪小说和蚂蚁小说是一家，所以，我很期待闪小说作者和蚂蚁小说作者能互动起来，也希望闪小说和蚂蚁小说的几位核心人物王豪鸣、程思

第四辑 开着花的你的梦

良、肖晨、马长山等老师能有一些聚会,共同探讨、策划一些活动等,尤其是让闪小说作者与蚂蚁作者们都认识,那样会很好。

匆忙之间,怎么想就怎么说了,一家之言,如有不周的地方,还希望大家多谅解。同时祝各位文友们愉快。

雪花:嗯,我也期待。谢谢淑玲姐接受我的采访,让我们一同祝福蚂蚁小说的明天越来越好。

代后记：蚂蚁小说时代的大作家

蚂蚁小说这个名称在几年前估计很多人还很陌生，而现在，蚂蚁小说有无数的写作者，有国内近百种报刊刊发，并且，部分蚂蚁小说被选入大学及中学生教材或作文教材、试卷试题，并产生了中国五位金蚂蚁作家和数十名蚂蚁小说名家。

蚂蚁小说作为一种新的文学样式，它因其精巧和精致得到了广大读者的热爱和追捧。正如王豪鸣先生所说：蚂蚁小说的形体细如蚂蚁，却是一个完整的生命体，一个"大力神"；而且它的载体异常灵活，可以自由进入的领地实在太多了，不仅可以刊载于报刊、图书、网络等各种传统及电子媒体，也可以与广告相结合，在作品中出现地名、人名或企业名称，用于各种消费场所的精美图册，墙上的挂框，电梯广告，商品包装，各色贺卡，新年台历，企业广告杂志……总之，一切商业性、休闲性、工具性的书写物件，都是蚂蚁小说的天然载体。所以它打开了一片新天地，这种优势是任何其他小说都无法比拟的。

一位著名文学评论家说：现在是蚂蚁小说时代，现代生活节奏快，人们已没有时间也没有精力去阅读长篇小说。的确如此，蚂蚁小说不但短小，而且精巧、精致，能给人以美的速率刺激，这是其他任何小说都无法比拟。因为我之前策划、主编了一系列的文学图书，作为一位蚂蚁小说作家，2010年我获了中国首届金蚂蚁奖后，很多蚂蚁小说作家都渴望我编辑出版一套蚂蚁小说的书籍。我与知名图书策划、出版人张海君老师提到了这件事，并发了几篇蚂蚁小说给张海君老师看，他当时就被这种精巧的蚂蚁小说迷住了，于是一拍即合，这套精致的书便开始组稿、编辑出

代后记：蚂蚁小说时代的大作家

版了。

中国目前究竟有哪些蚂蚁小说作家是一流的作家？哪些作家的蚂蚁小说更耐读呢？入选这套书的作品必然是耐读的、入选这套书的作家必然是一流的。比如荣获中国蚂蚁之星大擂台冠军的贾淑玲、亚军白文岭、季军孙逸，还有金蚂蚁作家段国圣、刘聆海、实力派蚂蚁小说作家禾刀、曾勇、彩红，中国蚂蚁小说七天王廖玉群、陈晓真，以及中国蚂蚁小说十星座李小玲、肖淑芹等。

这些作家，都是蚂蚁小说时代的大作家。

肖　晨

2011 年 7 月